Ricardo Ramos

Entre a seca e a garoa

boaprosa

Ricardo Ramos

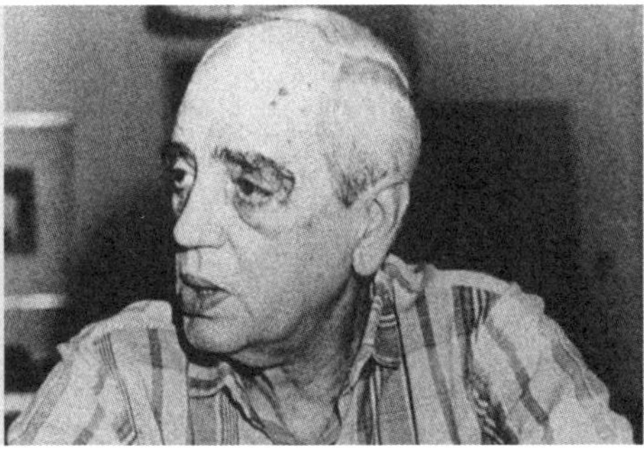

Entre a seca e a garoa

contos

editora ática

Importante: esta edição reformulada traz os mesmos textos ficcionais da anterior, publicada pela extinta série Rosa dos Ventos.

Entre a seca e a garoa

Conforme a nova ortografia da língua portuguesa

Diretor editorial	Fernando Paixão
Editora	Gabriela Dias
Editor assistente	Emílio Satoshi Hamaya
Apoio de redação	Veio Libri
Coordenadora de revisão	Ivany Picasso Batista
Revisora	Fabiane Zorn
Editor de arte	Antonio Paulos
Diagramador	Claudemir Camargo
Design e DTP	Negrito Produção Editorial
Pesquisa iconográfica	Sílvio Kligin (coord.)
	Caio Mazzilli
Foto do autor	Divulgação
Imagem de capa	istockphoto.com

CIP-BRASIL. CATALOGAÇÃO NA FONTE
SINDICATO NACIONAL DOS EDITORES DE LIVROS, RJ

R146e
2.ed.

Ramos, Ricardo, 1929-1992
Entre a seca e a garoa : contos / Ricardo Ramos. - 2.ed. - São Paulo : Ática, 2007 (Boa Prosa)

Acompanhado de suplemento de leitura
Inclui apêndice e bibliografia
ISBN 978-85-08-10827-5

1. Brasil - Ficção. 2. Conto brasileiro. I. Título. II. Série.
06-4051 CDD 869.93
CDU 821.134.3(81)-3

ISBN 978 85 08 10827-5 (aluno)
ISBN 978 85 08 10828-2 (professor)
Código da obra CL 735688

2011
2ª edição | 2ª impressão
Impressão e acabamento:
Cromosete

Av. Otaviano Alves de Lima, 4400 – CEP 02909-900 – São Paulo, SP
Atendimento ao cliente: 0800-115152 – Fax: (11) 3990-1776
www.atica.com.br – www.atica.com.br/educacional – atendimento@atica.com.br

Artesão da palavra

Nesta coletânea estão reunidos alguns dos contos mais significativos de um escritor que trabalha seu texto com o esmero de um artesão. Como o mestre-artesão do conto "As redes", que, tendo herdado o ofício do pai, entrega-se de corpo e alma à arte que pratica, em uma busca persistente pela perfeição. Assim, linha a linha, ou palavra a palavra, o autor vai tecendo sua prosa contida e precisa, em que nada sobra ou falta.

Ora remetendo-nos ao passado e ao universo sertanejo, ora voltando-se para o presente e o cotidiano urbano, esse movimento pendular – de ir e vir – encontrado nos contos desta coletânea condiz com as vivências e os itinerários de seu autor, que teve uma vida marcada por viagens, em função das várias mudanças de cidade, no nordeste e no sudeste do país.

Mas *Entre a seca e a garoa* está longe de ser uma compilação de textos autobiográficos. No entanto, pela marca absolutamente pessoal que seu autor lhes imprime e pelos cenários que ele tão bem conhece e descreve, em certa medida também não deixa de ser. Nestes contos, podemos enxergar as reflexões de um homem que vivenciou as agruras do sertão, que testemunhou a saga dos retirantes, que acompanhou os migrantes nordestinos em seu refúgio na cidade grande

– onde conseguiam escapar da seca, mas não da saudade que carregavam para sempre em seu íntimo.

Lá nos sertões, em “Ribeira turva”, nos é mostrada a brutalidade primitiva na perseguição a um ladrão de cavalos, que, apanhado, haveria de ser morto no próprio local de sua captura, de acordo com o costume da região. Também em meio à “civilizada” metrópole o olhar crítico do autor enxerga a selvageria. Como no conto “A busca do silêncio”, em que o ímpeto predador do ser humano aparece disfarçado em instinto de sobrevivência profissional. Ou no conto “O circo”, em que um empresário se sensibiliza com os maus-tratos infringidos aos animais, mas não com as próprias atitudes em relação aos empregados.

Entre o lá e o cá desse escritor-viajante, deparamos também com a nostalgia dos retirantes nos contos “Asa branca” e “Terno de Reis”, em que a saudade é atiçada por uma música e pela lembrança de um festejo, acentuando no taxista e no operário da construção civil o sentimento de exclusão, o sentir-se estrangeiro em seu próprio país.

Nesses dois contos, tanto quanto a saudade, é a preservação da memória que marca presença. É também o caso do conto “O carneiro”, em que o narrador – no qual não conseguimos deixar de enxergar a figura do próprio autor –, num passeio com o filho pequeno, relembra como era a sua infância e a sua cidade, refletindo sobre o que o filho guardará como recordação desse seu tempo. O que se esvai com o tempo, a memória preserva, redime e transmite a uma nova geração. É a única maneira de passar adiante toda a riqueza humana, como na história do artesão de “As redes”, um conto que bem poderia ser relacionado à própria vivência familiar-literária de Ricardo Ramos.

Os treze contos desta antologia não só revelam a grandeza da arte de Ricardo Ramos, mas também muito de sua vida.

Os editores

Sumário

Ricardo Ramos com todas as letras

Mestre Pipa

Voltamos das férias. Os internos chegavam pouco a pouco, no trem das quatro horas, com bagagens volumosas, arredios e matutos. Espalhavam-se no pátio, ficavam pelos cantos, falando baixo e lentamente. Rapazes fortes, queimados, vestindo roupas amarelas, arrastando as alpercatas sertanejas. Procuramos aproximar-nos. E logo na primeira semana dividíamos as rapaduras, as cocadas e guloseimas sem conta que enchiam as malas de couro, enfeitadas e coloridas.

Recebemos a lista dos livros e pregamos três fitas na manga da farda. Os professores tomavam o pulso da turma, faziam perguntas, davam conselhos.

— Você aí. De pé, atrás do quadro.

Um castigo para exemplo. Padre Osvaldo era bom, paciente, mas não fugia à disciplina tradicional. No princípio do ano a severidade redobrava. Depois esfriava, os mais desatentos monopolizavam a banca dos castigados, que prosseguia quando acabavam as aulas. Mas a fúria de justiça não atingia os novatos. A varinha indicava sempre alunos conhecidos, calejados nas brincadeiras ruidosas, de comportamento duvidoso.

— Quinhentas linhas.

— Folha de caderno?

— Não. Papel almaço.

E o infeliz pagava a falta copiando lições intermináveis, sem poder sair no horário, gastando níqueis na livraria do colégio. Muitos se transformavam, educavam a letra, viravam escreventes perfeitos. Calculavam o número de páginas, cada uma trinta e três linhas. Escolhiam os trechos onde havia mais parágrafos, para facilitar o trabalho, e punham mãos à obra. Algumas vezes o golpe falhava, não aceitavam a escolha. Recomeçavam, numa lentidão enervante.

— Como é, vai ficar?

Rodolfo mostrava a caneta, agitava o pulso em cima do volume ensebado, fazia um trejeito fatalista.

— Azar...

Lá fora a chuva caía. Miúda, fina, molhando os oitizeiros, ensopando o campo de futebol, mexendo com a gente. Os livros abertos, os olhos no mapa, lembrávamos as férias e nos sentíamos prisioneiros. Quando a sineta chamava para o recreio ninguém se movia. Não tínhamos pressa. O galpão sob o telheiro estava mais triste do que a sala fria. E ficávamos nos corredores, distraídos, o pensamento escorregando na lama, fugindo para as bandas da lagoa.

O padre olhava as duas fileiras, muito retas, silenciosas. Fazia um sinal e mergulhávamos nas carteiras. Um livro de capa escura e o terço, que respondíamos de braços cruzados. A última aula, a saída por grupos.

Pela manhã suportava-se o tormento. Mas quando voltávamos do almoço, os estômagos pesados, todo o esforço era pouco. A voz do professor convertia-se em zumbido, misturava-se às moscas que volteavam nos cadernos. Cochilávamos, cabeceando como bêbados. A régua batia com violência na mesa da frente. Acordávamos para continuar o suplício das lembranças, do sono, e da chuva renitente que deixava as vidraças embaciadas.

Um dia apareceu o novo professor. Baixo, corpulento, a batina surrada mostrando os músculos possantes. Em harmonia com a figura atarracada, a voz saía profunda sem animar o rosto quadrado, terroso, de olhos agateados, coroado de cabelos negros e duros, cortados à escovinha e penteados para a frente. A figura impunha respeito, quase terror.

As primeiras aulas correram silenciosas, ouvia-se o pingar da água nas calhas. Minha caderneta alinhava uma sucessão de boas notas, o que não impedia um vago mal-estar, pressentimento que adivinhávamos em todas as cabeças. E as horas gotejavam na chuva, lentamente, pontilhadas pelo gesto de padre Firmino, que batia a mão espalmada em cima da mesa.

— Filho de um porco!...

Estremecemos. Rodolfo arqueou uma sobrancelha, franziu a testa e aceitou calado o papel de vítima. Aberto o sinal, os outros viriam depois, a nossa experiência não enganava. O xingamento de início passou despercebido. Mais tarde nos indignamos, e uma raiva surda pesava nas aulas de Mestre Pipa. Sim, Mestre Pipa. O apelido chegara logo após o incidente, a maneira mais rápida de levantarmos um protesto. O batismo se popularizou, ganhou o recreio, chegou aos ouvidos do padre. E tivemos de enfrentar disciplina redobrada, que encontrava animosidade latente, esbarrava contra sessenta corpos irrequietos, barulhentos, de reflexos inesperados.

— Dois pontos em comportamento.

O aluno se levantava, os braços cruzados, esperando a anotação na caderneta. A punição desdobrava-se: decorar versos infames, escrever trechos enormes da antologia portuguesa, passar os intervalos das aulas em pé atrás do quadro.

— Um ponto em aplicação.

O golpe era mais fundo. As notas semanais deveriam ser mostradas aos responsáveis, assinadas; vinha complicação na certa. Os passeios cortados, as matinais no cineminha do bairro, cheio de ternos domingueiros.

E padre Firmino distribuía os castigos, implacável, na voz de baixo que ouvíamos durante as ladainhas da capela. Entrava na sala, vagaroso, voltava-se num gesto violento, estudado, teatral, e apanhava os autores do zumbido informe, respondia generoso, povoando a banca das quatro horas.

Já não havia manifestação de revolta. O movimento inicial serenara, que o resultado viera pronto, dominando os mais afoitos. Homem duro; não tínhamos remédio. E agarramo-nos ao apelido, que repetíamos em diversas tonalidades, repassadas de ódio, sarcasmo, ou simples desprezo. Mestre Pipa... Mestre Pipa... Mestre Pipa... No recreio, nos corredores, em todos os lugares. As quatro sílabas dançavam no ar, escorriam na chuva, marcavam os tempos da ginástica. E tomavam conta do casarão de janelas escuras, do pátio, jogadas por centenas de bocas.

Parecia não compreender. Pelo menos dava a impressão. Apenas a severidade crescia lentamente, aparando os excessos que surgiam escassos, débeis. O professor continuava as suas tarefas normais. Terminava a aula, colocava a boina, saía num passo tranquilo, pachorrento.

O nosso desespero não durou muito. Rapidamente esquecemos os castigos, a violência maciça, atingindo um número limitado. E voltamos às ocupações diárias, com um gosto excessivo pelos estudos, que o feitio do novo mestre explicava.

O intervalo durou uns três meses. Havia conseguido uma situação privilegiada. Certamente foram as dissertações de História que me valeram a dispensa da ginástica, o encargo de fazer a chamada, corrigir os ditados de Francês. Cheguei mesmo a considerar padre Firmino um sujeito simpático, achar a alcunha uma vingança injusta. O professor não aborrecia os que andavam certos, restringia a dose de violência a meia dúzia de alunos desatentos, sempre aéreos e prontos a qualquer molecagem extemporânea. Estávamos reconciliados, a má impressão dos primeiros dias se apagara.

Nesse período de paz houve sabatinas, torneios em várias matérias, que melhor firmaram o conceito dos que estavam familiarizados com as disciplinas do curso. Gozávamos a tranquilidade dos jangadeiros após as tempestades de abril.

Mas a calma era artificial e quebrou-se ruidosamente.

Foi durante uma aula de Matemática. A pergunta veio inesperada, repetida em duas filas de carteiras. Nenhuma resposta. Padre Firmino bateu com a régua na mesa.

— Mas eu ensinei isto cem vezes!

Silêncio. Indicou sucessivamente três dos rapazes mais adiantados, recebeu três evasivas.

— Ó raios! Você também não sabe?

Atarantado, levantei-me, repeti o gesto dos colegas. Não sabia. Mestre Pipa esqueceu-se de mandar-me sentar, e ouvi de braços cruzados uma torrente de insultos. O homem gesticulava, espumando; eu me avermelhava. A saraivada levava o endereço de todos; mas eu continuava em pé, atingido pela catilinária, que o professor lançava aos gritos, limpando a saliva insistente num lenço de quadrados roxos. Os adjetivos pioraram, senti a cabeça esquentando, suportei ainda alguns segundos. E arrastei a cadeira com estouvamento, resmungando, batendo a tampa da carteira.

— Duzentas linhas, seu atrevido!

— Perfeitamente.

— Cale-se, malcriado!

— Estou calado... quem fala é o senhor.

— De pé, aqui ao lado!

Guardei os cadernos, com lentidão irritante, esgueire-me entre as bancas. Em quatro anos de colégio, o primeiro castigo. Quando passei junto a Rodolfo, compreendi um murmúrio:

— ... Cuidado, que isso vai dar uma encrenca pai-d'égua!

Não respondi, atravessei devagar o espaço que me separava do quadro-negro. E fiquei imóvel, olhando a folhinha onde um São Vicente de Paula afagava crianças maltrapilhas.

— Baixe a cabeça!

A ordem quase me arrebentou os ouvidos, mas fingi não entender.

— Estou dizendo que baixe a cabeça, seu indecente!

— Ah, desculpe. Pensei que não fosse comigo...

Senti movimentos desordenados, uma respiração esbaforida muito próxima. Realmente, era de exasperar o próprio São Vicente de sorriso triste. Esperei uma nova pena, vendo os arabescos do ladrilho. Padre Firmino recomeçou a aula, com a voz ainda alterada. Distendi os músculos, levantei a cabeça, desviando a atenção para os telhados vizinhos, onde o vento mexia em papéis e folhas secas.

— Você está nervoso?

— É comigo?

— Claro, insolente! Com quem havia de ser?

Calei-me. Nervoso por quê? Não sabia a que ponto queria ele chegar. Calmo eu estava, apesar dos pesares, estranhando mesmo aquela tranquilidade excessiva.

— Pare com essa perna! Fique direito!

Bem. Agora tudo ficara muito claro. Insensivelmente havia começado a bulir com o pé, marcando um compasso qualquer no chão úmido.

Parei, é natural. Ele prosseguiu a enxurrada interrompida. Nunca imaginara ouvir tanto desaforo, que as lições eram sabidas, os exercícios caprichados. Lembrei-me de meu avô, paciente, amigo, um jeito brando. O sangue foi subindo, a perna reiniciou o balanço ritmado.

— Pare com isso!

Não ouvi. Mestre Pipa repetiu a ordem, embrulhando as palavras, quase engasgado. Um silêncio medonho. Apenas a botina rangendo.

— Fora de aula! Rua, seu canalha!

Fiz meia-volta e saí quando a sineta batia para o recreio. Uma embrulhada infernal. Provavelmente iria enfrentar o diretor, aguentar sermões, gramar algumas semanas de penitência forçada. Colegas vieram falar-me, dizer da estupidez do professor, mostrar-me solidariedade. Convenci-me de heroísmo, ao mesmo tempo fazia-me vítima, resolvi seguir o caminho mais difícil até o fim do caso. O apito estridente chamou para a ginástica.

— Por que não entra em forma?

— Não trouxe o calção.

— Em pé, no corredor.

Assim também era exagero. Estava dispensado dos exercícios, não podia andar prevenido. Danei-me com a injustiça, perfilei-me diante do refeitório, descansando o peso do corpo alternadamente sobre cada perna. Depois a raiva esfriou, achei que padre Firmino tinha direito à desforra. Professores e bedéis que passavam olhavam-me surpresos:

— Que é que há?

— Nada. Uma promessa que eu fiz...

Extinguiram-se os apitos, os colegas voltaram em passos cadenciados. Aguardei a ordem, subi para a sala dos castigados. E comecei a escrever as duzentas linhas, copiadas de um capítulo de História. Escolhi o mais curto, numerei as folhas de papel almaço. Os minutos passavam lentos, uma cigarra anunciava o fim da tarde.

"Os holandeses estabelecidos na Bahia não tiveram um só instante de paz verdadeira. Apenas a Metrópole soube do perigo em que se achavam os..."

Letra miúda, uniforme, desenhada. A boina de Mestre Pipa apareceu numa janela.

— Que é que você está escrevendo?

— História. Invasão Holandesa. Sei de cor.

Não teve uma palavra, afastou-se. Trepou no estrado, sentou-se, abriu um volume. Terminei o aborrecimento quando já havia grilos nas proximidades. O professor examinou a escrita, cada página, o olhar feroz. Os dedos tamborilavam na mesa. Voltou-se lento.

— Por que o senhor fez aquilo?

Um silêncio curto. Insistiu:

— Por quê?

— Por nada.

— A gente não vira doido por nada.

— O senhor xingou. Eu não gostei... Sou igual a todo mundo!

A última frase foi bem articulada, quase num desafio. Descruzei os braços, apoiei-me na mesa, e fiquei esperando. No dia seguinte repetiria o castigo, não havia dúvida. As lâmpadas se acenderam, aumentando as sombras do pátio.

— Pode ir embora.

Um sorriso parado cortava o rosto de padre Firmino. Esboçou um gesto amplo, benevolente, mostrando-me a porta. Saí pisando forte, uma raiva surda apertando-me as têmporas, algumas sílabas mastigadas. Na rua escura os postes jogavam uma luz vermelha e quente.

Ribeira turva

Ladrão de cavalo era o inferno pior. Nem cangaceiro sabia tantas artes, nem coisa de política dava tantas voltas. E ainda chamavam aquilo diligência, como se estivesse procurando um cristão de carne e osso, vivente no comum. Não, tinha parte com o demônio. De outro jeito, podia explicar o trem de andança braba, sem tento, sem descanso, campeando esse infeliz?

Para um instante, fica esperando o resto dos homens. Vêm cansados, vagarosos, que a lida é forte, sina de perseguir bandoleiro, de punir por morte e por roubo. Dos primeiros, até não desgostava: tirando no raso, ao menos era tudo macho. Os outros, não: raça de lacraia, se mostrando e se escondendo, gente de se rafeirar um ano, brejo, poeira e carrapicho, para ao depois terminar vendo choro amofinado.

— Peste da desgraça.

O sargento, que está perto, não entende. Melhor assim. Não é bom soldado ouvir assunto de enfezamento, de preocupação, que isso escangalha vontade e pontaria. Então agora, nem falar. Lá em cima, perto do Ipanema, se apartaram do resto da tropa, largaram-se atrás desse guenzo. De caminhão, de trem, de botina. Pergunta aqui, espia ali, vieram vindo até encostar nesta beira de rio, cafundó esquisito mais sem propósito. Os homens não podiam gostar. Sair assim ao deus-dará, rastreando aquele excomungado. Também o cabra não devia estar longe. Mais dia, menos dia, botava-lhe a mão no cangote. E não ia dar tempo de dizer ai, era pé na cova, direção de quem pega animal alheio, muda a marca ferrada e abre no mundo.

— Vamos ficar por aqui mesmo.

A tarde está esfriando, mais com pouco é noite. Adiante, além das árvores, tem uma ribeira. Tenente Malheiros aponta o debrum de terreno banhado e manda para lá os seus praças.

Segue atrás, sem pressa, engolindo a raiva. Desculpa não havia. Bem duas semanas para agadunhar um porqueira, gatuno que nem tinha nome. Era preciso ser besta, cabeça de fósforo, um aluado de menino fazer mangação. De que valia o passado, lembrar tanta batida reimosa, dureza de viver brigando perigoso, quando nem podia com um ladravaz à toa? Miséria. Acendeu um cigarro, olhando os soldados que espalhavam a sua tralha no chão úmido. Boca da noite. Uma aragem sacudindo as folhas, balançando uns pés de pau. O resto quieto. Um silêncio assombrado, enrolando o troço de homens que preparava o acampar. Tenente Malheiros se demora um minuto assuntando as redondezas e grita:

— Sargento Jovino!

O preto se chega, ligeiro.

— Ainda é cedo para a janta. Dê antes uma busca. Pegue o pessoal, divida, e saia por aí, subindo e descendo este riacho.

— Está bom.

— Não demore muito, que o trecho é de pouco andar. Mas eu não deixo este arvoredo sem vistoria.

Lugar bom de pouso. Capaz do diabo do homem ter ficado na banda de cá, esperando o cedo, pra só então se meter na água.

O sargento reuniu o magote de praças, formou dois grupos. Entregou o segundo a um sarará esticado, de bigode ralo, que acenou para o chefe e logo sumiu-se da clareira. O preto Jovino saiu a seguir, com o seu bando. E de novo o silêncio pesou.

Parado, fumando, encostado a um tronco rugoso. Depois foi até a margem do rio, tirou a camisa, e lavou-se — rosto, braços, peito —, esfregando-se para vencer o frio repentino. Secou-se com as mesmas fricções, reparando em volta. Paragem bonita, calma, um ermo de bulir com a gente. Ficou olhando, enquanto se abotoava: as águas turvas, uns lajedos escuros, a ramaria baixa que escorria para os lados, antes daquele breu descampado sobre a corrente, se alongando até as primeiras estrelas.

Tenente Malheiros não sabe quanto tempo se demorou fitando as sombras, sentindo a viração, o úmido bafio que envolvia a ribeira e derramava nas plantas aquele imóvel sossego. Não sabe em que pensou, durante o seu avulso contemplar. Apenas o sítio lhe pareceu conhecido, mesmo estando seguro de nunca haver por ali passado, e a sensação difusa aclarou lembranças velhas, que mais se prendiam a lugares, vistos no seu perambular constante. Uma hora, duas? Talvez nem tanto. E vozes próximas baralharam os caminhos recordados, o conduziram à pequena clareira.

Era o grupo do sarará que voltava. E voltava animado, fazendo uma latomia de se ouvir longe. Estremeceu. Teriam dado com o homem? Aproximou-se e não precisou resposta: ele vinha arrastando os pés, cabeça baixa, abotoado pelos soldados.

— Pegamos o cabra ali em riba.

— E os cavalos? — apressou-se tenente Malheiros.

— Só encontramos seis — tornou o vermelhaço.

— Hum...

As partes eram de mais, bem mais. Na certa vendera pelo caminho, fora deixando, não havia coisa mais difícil do que fugir carregando aquele rol de montaria. Para onde se botava? Quem andava esperando ele? Trabalhava só, a mandado de alguém?

Não ia interrogar em cima da bucha. Deixava o pobre descansar, ficar maginando na sua prisão, no fim que o esperava. Teria alguma dúvida? Não, não devia ter. Fim de ladrão de cavalo é estrebuchar pelos escondidos, sem choro nem reza. Prender, levar a delegado, dar testemunho, se arreliar com processo? Ainda era capaz de haver graúdo no meio, dar tudo em água de pote, o desgraçado batendo as asas. Não. Faziam de conta que resistira, se acabara no fogo cruzado. Sumiço não se discute.

Cear primeiro, tenente Malheiros tem fome. O apetite veio de repente, com a diligência terminada, o pensar na volta para a sua unidade. Entrava em maré de calma, que andava tudo morno: os cangaceiros por longe, a política se encolhendo, até famílias de birra antiga botando água na fervura, se aquietando. O comandante zanzava pela capital, fazia um tempão. Quem sabe se não podia arranjar uma viagem também?

Veio o prato de folha. Comeu com vontade, achando a carne boa, o inhame enxuto, a rapadura menos seca. Depois foi até a corrente beber uns goles frios. De volta, reparou no preso. Alto, grosso, branco, um jeito arrumado, maneiras de gente direita. Ali sentado, os soldados em volta, parecia um lorde, o chefe, e não bicho agarrado esperando corte. Parou, ficou olhando o homem. Um ar sereno, de pessoa conhecida, não sabia quem. Tenente Malheiros venceu aquele matutar e perguntou:

— E o resto da cavalhada?

O outro calado.

— Deixou aonde?

Nem se mexeu, duro, o rosto de pau.

— Está de parceria com alguém? Desembuche. É melhor contar o beabá certo.

E o homem largado, ali na sombra, não era com ele.

— Se levante, cabra! Estou falando.

O preso ergueu-se ligeiro. Bem dois metros, e encorpado, uma peitaria de chamar respeito. Calmo. Sisudo e calmo. Tenente Malheiros se admirava do seu jeito, da sua figura, não podia entender aquele esperar tranquilo. Andaria pensando em armada? Bom se precatar.

— Pra onde ia fugindo?

Não recebeu um piscar de resposta. O mesmo olhar reto, a mesma postura. Então aquilo era ladrão de cavalo? Onde buscar o princípio de medo, o tremor destemperado, o acovardar-se que vem de junto, é vizinho da morte? Admiração crescendo. E com ela a certeza de que o homem não diria nada.

Afastou-se. Homem, sem dúvida. Melhor assim, que tudo ficava mais fácil, corria até de feitio militar. Como execução de campo, morrer de honra. Nem pena nem raiva. Assunto corrido, tarefa de minutos. Madrugada resolvia.

Estendeu a manta, acendeu um cigarro, deitou-se. As árvores estavam paradas agora, seus ramos imóveis em silêncio. E a noite se derramava fulva, morna, boa de sono. Mas não conseguiu dormir. Primeiro foi o virar-se descontrolado, sem encontrar posição a seu gosto. Depois um rol de lembranças, coisas de longe, meio esfumadas. O sítio, a família, ainda o tempo de menino. Por que lhe vinha aquele recordar, saudade misturada, se não era de remexer os seus guardados, se os irmãos haviam sumido e fazia tanto os velhos descansavam em paz? Tentou varrer o pátio, o roçado, apagar o riso de Janjão, as conversas no arruado, a volta para casa em dia de feira. Ficou nessa luta, se arrenegando com a falta de sossego, quase a noite inteira. Por volta da alvorada, pouco antes, entrou num cochilo miúdo e acordou sobressaltado. Levantou-se. O preso embiocado no meio da soldadesca.

Deu uns passos à toa pela clareira, a cabeça pesada, um derrear nas pernas. Noite perdida. Com pouco e clareava, chamava o homem para a beira do rio, liquidava as contas, ganhava a estrada. Dormiria afinal em cama de verdade, entrava nos eixos. Quem se acostuma com essa vida? Correr atrás de ladrão, aguentar canseira grossa. Pra quê? A mais das vezes, nenhuma serventia. Por isso talvez rompiam naquele cortado, e bala costurava tudo. Só mesmo assim. De raiva, de um desgosto revoltado.

Sem eira nem beira. Os perseguidos, ele também. Largado pelo mundo, mal comido e mal dormido, a bem de quê? Por causa dessas pestes. Por causa dele, do homem deitado ali perto, no meio dos fuzis. Aproximou-se. Chegou-se mais, viu que não dormia, os olhos fixos no aberto do céu entre a ramaria. Cutucou-o com o bico da reiúna. O preso estremeceu e virou-se, veio subindo a vista, enfim compreendeu. E levantou-se vagaroso, pegando o cós das calças.

O vigia avançou, tenente Malheiros fez um gesto que o devolveu à sombra. E acenou para o homem em frente, indicando o caminho da ribeira. O outro se pôs em marcha, aleitado na primeira luz da manhã, que se anunciava longe, além das árvores, pelos começos do rio.

Seguiu-o, e de passagem, quase ao sair da clareira, mexeu nas ferramentas e apanhou uma pá. Ao tirá-la, um som duro, rascante. As costas do preso estremeceram, ele parou um segundo. Tenente Malheiros empurrou-o, e continuaram, até a beira d'água.

Os pés quase molhados, o homem voltou-se. Tenente Malheiros entregou-lhe a pá.

— Cave. Aqui perto, que é chão mole.

Foi sentar-se num toco e esperou. Sabia que não começava logo, haveria um momento indeciso, e ainda um novo estremecer, quando a pá tirasse o primeiro bolo de terra. Puxou um cigarro. O outro parado, em frente à correnteza. Se tentasse mergulhar, apanhava com um tiro no pulo. Não, não tentava. Estava ali era apalermado, o medo estourando, depois de toda aquela fita. Valente? Queria ver agora. Se fosse, então seria até um favor acabar tudo logo, não encompridar o suplício do homem.

O gesto veio, a pá enterrada, socada forte com o pé ajudando. E o condenado não parou, jogou somente a areia de lado. Cavando firme, movimentos regulares, como se abrisse a cova de outro. Um minuto. E não descansava, o monte subia, o buraco afundava. Nas costas, a mancha de suor se alargando, empapando a fazenda grudada. O homem parou, largou a pá, desabotoou-se e tirou a camisa. Depois continuou a cavar.

Tenente Malheiros estava achando aquilo bonito, se admirando e gostando do infeliz, quando sentiu um baque por dentro, bem dentro, mexida de coração descompassando. Uma surpresa, como de susto, e as costas do homem avultaram no amanhecer. Eram brancas, largas, entre gordas e musculosas, dessa carnação grossa que o trabalho faz rija. As mesmas costas que se curvavam na enxada, que suando se avermelhavam de sol e passeavam pelo sítio a tranquila força do pai. Diabo da peste. Então era isso, aquela parecença, que vinha bulindo com ele. Desde a véspera, entrando pela noite. E agora enfim se mostrando.

Diabo. Não podia esmorecer, ladrão de cavalo é outra gente. Nem gente é. Tinha nada a ver com o pai, um santo, aquela peste ali cavando o seu fim? Besteira. Mais um bocado e puxava o gatilho, o homem virava de borco, já dentro da cova. Os soldados viriam depois, a pá encheria o buraco, as solas das botinas espalhariam a terra. E se apagava tudo. E se sumiam as costas do homem.

Diabo. A vista não desgrudava. O mesmo volume por cima do cinturão e dobrando dos lados, o mesmo rego dividindo as espáduas, subindo até o cachaço, gordo, toitiço de cabelo cortado rente. Que idade teria aquele miséria? Uns quarenta, ou perto. Quando o pai andava por aí, tinha menos de dez, ainda nem ajudava no plantio. Era só tarefa miúda, coisa de menino. E mandado que Deus dava. Também gostava de andar, fazia tudo mais depressa. Estava adivinhando esse caminhar de hoje, descampinado pelo mundo, feito andarilho penitente.

Diabo. O buraco ia fundo, já devia estar minando água. Tenente Malheiros puxou o revólver. Lentamente, seguindo o vaivém do homem, o mourejar de suas costas, ritmado, arquear-se e distender-se que a pá guiava. Firme, sem descontinuar. Assim o pai trabalhava, duro, horas seguidas. Gostaria de ficar ali, varando até o meio-dia, para ver se o cabra tinha fôlego. O velho aguentava, capaz de enfiar um tempão no pesado, ainda sair cantarolando, botar pra conversar, nem parecia. Natureza de bicho, reforçado, um touro. Agora, tem mais disso não. Só vendo.

Vozes lá atrás, na clareira. O pessoal está acordando, vai levantar, fazer café. E vir para cá, saber do sucedido.

Tenente Malheiros tem um rompante, levanta-se, chega até o homem:

— Escute, cabra. Pule nesse rio, nade ligeiro, desapareça.

Falou rouco e baixo, quase no ouvido do outro.

— Hem?

— Mergulhe depressa, infeliz. E nunca mais apareça nestas bandas.

O homem largou a pá, olhos arregalados. Depois foi compreendendo, franzindo um meio sorriso, dizendo:

— Obrigado, seu tenente.

E deu as costas, armou pulo, mergulhou. Só foi sair muito embaixo, à esquerda, bem no meio da correnteza. Ajudou com uma braçada, de novo mergulhou, subiu à tona longe, era já um ponto difícil de ver na encardida neblina que roçava as margens da ribeira. Mais um instante e desapareceu.

Tenente Malheiros ainda esperou. Depois ergueu o revólver, atirou uma, duas vezes para o ar. Os soldados vieram na carreira. Quando o primeiro surgiu, ele também já começava a correr, gritando:

— O diabo fugiu. Fugiu por ali.

E indicava a margem rio acima.

O circo

Seu Cordeiro aproximou-se da janela, olhou o jardim, a grama e as trepadeiras verdes. O relógio da sala de jantar bateu duas horas. Ajeitou alguns fios na calva pálida, voltou-se e disse afetando vivacidade:

— Então? E se a gente fosse ao circo?

A conversa parou. Laura teve um gesto brusco, soltou a mão do noivo, levantou-se estouvada:

— Ah, papai! Ótimo. Domingo é tão enjoado... Nem um filme, nem uma peça nova...

D. Arminda franziu um sorriso gordo e bom. Rodrigo apressou-se em cumprimentar o dono da casa, acariciando-lhe as costas secas com palmadinhas repetidas, esfregando as mãos, dando pulinhos entusiásticos.

— Ora, rapaz! Não houve ideia nenhuma. Eu passei ontem na Esplanada e vi o anúncio do *Americano*. Quanto barulho...

O secretário agitava-se, falando em higiene mental, discorrendo sobre a necessidade da volta à infância. Os termos aprendidos na Faculdade resistiam aos anos, produziam algum efeito, ajudavam a digestão. E talvez concorressem para um aumento na fábrica, onde fazia a correspondência de seu Cordeiro, fiscalizava a distribuição, inspecionando os sabonetes, os caixotes, a produção limitada, outros encargos menores. Odiava o trabalho mecânico, as fórmulas gastas, mas continuava. Tinha suas razões. As palavras nervosas, brilhantes e finas deleitavam o velho; eram endereçadas ao patrão insensível, meio distante.

Laura mexia-se no divã, procurando interessar o noivo:

— Que bom, hem? Eu adoro acrobacias. O trapézio, aquela rede... É formidável!

Acariciando o buço ralo, Gilberto sorria, mostrando uma reflexão impossível aos vinte anos. Calmo, articulou indiferente:

— Sim, é interessante. Engraçado... Há quanto tempo eu não vou a um circo!

A empregada trouxe a bandeja do café. Seu Cordeiro procurou os arabescos do relógio, os ponteiros:

— A que hora começa o espetáculo?

Ninguém sabia. Rodrigo apanhou o jornal, percorreu as colunas, encontrou a resposta:

— Três e meia.

— Ainda temos tempo de sobra.

D. Arminda não achava. O trânsito era uma barbaridade, atrapalhava tudo. Precisava ir logo se arrumar.

— Bobagem, mulher. Hoje é domingo. A gente pega o carro e chega em vinte minutos.

— É. Mas eu prefiro cuidar de me vestir, que não gosto de fazer as coisas apressada.

Novamente a conversa interrompida. O secretário recordava o trabalho da véspera, uma dificuldade surgida, a maneira como resolvera a questão. Seu Cordeiro movia o braço magro:

— Negócios. Deixe para amanhã. Agora não, meu amigo.

— Mas ouça, que é importante.

A fumaça do charuto fazia desenhos no ar, chegava ao divã, onde Laura tagarelava em voz baixa, os olhos muito escuros, os cabelos volumosos, o busto vivo de animação. Sorriso, murmúrio, novo sorriso. O rapaz não participava do entusiasmo, tentava esfriar os arroubos desordenados:

— Puxa, minha filha! Se acalme...

— Você hoje está aborrecido, hem? O tipo do estraga festa.

Ficou um instante séria, calada, levantou-se depois, botou um disco na vitrola. O bolero invadiu a sala, sacudido, lento, mexendo com os nervos. Gilberto descruzou as pernas, Laura estendeu-lhe a mão, saíram girando.

Os cabelos de D. Arminda apareceram entre as cortinas, despenteados e brancos:

— Onde está meu lenço amarelo, criatura?

A moça indicou um lugar, traçando voltas suaves, cantarolando baixinho. Debruçados à janela, patrão e secretário. Fumaça, vozes pastosas, gestos morosos. Um rosto magro, calvo, enxuto. Uma testa morena, brilhante, derramada. As unhas polidas de Rodrigo traçam relâmpagos nas réstias de sol. Acenando vagamente, seu Cordeiro ouve, marcando os intervalos das frases.

— Aquilo não pode continuar. É um desperdício. O homem gasta mais do que produz. E ainda fica enchendo a cabeça dos outros, sempre mal satisfeito, criando caso com a direção. E o trabalho dele não tem segredo, qualquer um pode fazer...

Um baralho abriu-se em cima da mesa, D. Arminda muito grave desdobrou uma paciência, para matar o tempo. A voz de Rodrigo batia nas paredes da sala, abafava o ruído que vinha da copa, as sílabas escassas pronunciadas no divã. Novo disco, um ritmo lento povoou o espaço, os móveis escuros, escorreu nos tapetes grossos. Seu Cordeiro interrompeu o secretário:

— Mas eu não posso fazer uma coisa dessas. Pense bem. Não há razão...

— Arranja-se uma desculpa. O homem é prejudicial ao serviço — e está acabado. Nem é preciso indenizar.

Um instante de silêncio. Apenas o relógio e um pregão no outro lado da rua.

— Talvez...

O sol espalhava no jardim uma claridade medrosa, envolta em nuvens curtas. Um vácuo de palavras agita levemente as cortinas, a fumaça dos charutos, passa nas cartas do baralho, no divã escuro. Rodrigo apressou-se em dizer alguma coisa, uma observação, simplesmente. Os noivos estão mudos, os dedos misturados. D. Arminda procura entre as figuras do naipe de ouros uma resposta clara, afastando os achaques repetidos, que deixaram aquele vinco na testa abaulada e estreita.

Se ele fosse mais velho — pensava Laura — acharia minha animação divertida, um novo elemento aproximando os dois caracteres. Lembrava o desnível pela primeira vez, e remoía os pensamentos, que se multiplicavam com os axiomas ensinados na aula de psicanálise. Um desajustado. Atrás daquela reserva toda não havia mais que insatisfação, apenas sensação de isolamento. Interrompeu o exame do noivo, levantou-se em direção à vitrola. Bobagem. Seu Cordeiro bem que a prevenira contra esse negócio de psicologia... Um curso regular, estava bem. Mas agarrar as coisas no ar, sem base, era um perigo. A gente ficava com manias, querendo enquadrar todo o mundo nos conceitos do professor. Certamente Gilberto estava indisposto, ou não gostava de circo. Apenas isso.

Mudou a agulha, escolheu um sucesso do momento. A introdução do jogo instrumental foi cortada pelo pai:

— Acabe com isso, menina. Está quase na hora.

Laura ainda quis falar, mas seu Cordeiro insistiu:

— Vamos saindo, para arranjar bons lugares. É melhor esperar sentado.

— Comendo pipocas — sugeriu Rodrigo.

— Sim, como no tempo de criança.

O relógio desferiu três pancadas. D. Arminda interrompeu a paciência, num suspiro. Foram todos para a varanda, o carro apareceu minutos depois. O vento entrava pela janelinha, embandeirando o lenço amarelo, arrepiando os cabelos brancos, ligeiramente azulados.

Quando chegaram ao *Americano*, já havia fila. Garotos, babás, gente bem vestida. Minoria de costureiras, fuzileiros, empregados no comércio. Uma carapinha sujeita a muitos grampos chamava a atenção.

— Eu conheço esse povo de longe. É doméstica — observou D. Arminda.

O marido teve um olhar de reprovação. Que diabo! Até parecia racismo. As mulheres sempre com essa antipatia, criticando, aborrecendo. Se fosse todo o santo dia, estava certo. Mas uma vez na vida...

A fila ameaçava um correr lento, o sol escondido esquentava as gorduras de D. Arminda, assanhava as sardas de Laura. Houve reclamações, movimentos de impaciência. O secretário ofereceu-se para comprar as entradas. Iriam esperar no automóvel, que era mais cômodo.

— Não esqueça. Um bom camarote — recomendou seu Cordeiro, passando as cédulas num gesto disfarçado.

Esperaram bastante, vendo as carroças muito coloridas, ouvindo a banda. O pelo dos bichos ondulava entre as grades, a brisa do mar trazia um cheiro acre, excitante. Agora um dobrado patriótico, irreconhecível no batuque dos tambores, na euforia dos pratos renitentes. Gilberto afastou-se, voltou com saquinhos de amendoim. D. Arminda recusou:

— Minha vesícula não deixa, filho. Isso é muito quente...

Seu Cordeiro avermelhou-se, não sabia se aceitava. Laura brincou, queixando-se do frio inexistente, pôs-se a mastigar, dizendo uma frase para acabar o embaraço. A mãe olhava o mar, os automóveis que chegavam, indiferente, distante. Uma sirena veio da lona, estendida nos varapaus como flor simétrica, enorme.

— Será que vai começar?

Tranquilizaram a moça. Ainda faltavam quinze minutos. Era o primeiro sinal.

O vento levantava a poeira, desmanchava os cabelos da fila, mostrava pernas escuras. Os vestidos leves dançavam, enfunados, desfraldados nos mastros bem torneados. Seu Cordeiro e Gilberto desviavam os olhos na direção do mar. A orquestra do circo, com ares de charanga, atacando música alegre. Homens vendendo sorvetes, crianças choramingando impacientes, mulheres de subúrbio, enfeitadas, a sorrir para o interior dos automóveis.

Que horas seriam? Laura pôs-se a dar corda no reloginho sempre atrasado, observando a paisagem, o movimento da feira entre as barraquinhas alinhadas, onde alguns animais se coçavam tristemente em jaulas estreitas. Passou uma jovem desenvolta, metida numa farda branca, de botões dourados. Silhueta de linhas harmoniosas, terminando em pequenas botas, com desenhos de metal. Certamente era a moça do trapézio. Coragem, saúde, gestos precisos. Que vida! Gostaria de alguém? Talvez de um homem forte, domador ou atleta, que a faria cometer loucuras.

Rodrigo interrompeu-lhe os pensamentos, acenando com as entradas, vermelho do calor e da agitação.

— São os melhores lugares. Um camarote que é uma beleza. Bem em frente à entrada para o picadeiro. Foi um custo, mas vocês vão ver...

Sentaram-se nas cadeiras incômodas, forradas de vermelho, com grandes iniciais brancas. Um burburinho onde se destacavam notas agudas enchia o espaço que a lona abarcava. Calor, ventarolas, moços de uniforme a estender passadeiras sobre o círculo de areia solta. Arames esticados, os trapézios balançando, experiências de segurança. Vozes infantis acompanhavam todos os movimentos. Ouviam-se explicações. Pessoas expansivas cercavam o camarote, a animação contagiava.

Os preparativos aumentaram. Um vaivém por trás do corredor apertado, entre as jaulas, a caminho dos camarins. Alguns momentos, e a azáfama se extinguiu. As luzes foram diminuindo em várias fileiras, apagaram-se quase todas as alas, a penumbra amarela tomou conta dos vultos inclinados, atentos. Refletores voltaram-se para a entrada do picadeiro, banhando em claridade intensa um homenzinho gordo, saltitante, apertado numa farda vistosa. A personagem deu vários passos curtos, olhando as arquibancadas, parou no centro da pista.

— Senhoras, senhoritas, cavalheiros...

Embrulhava os *rr*, mudava as tônicas, numa pronúncia que divertia as crianças. Seria americano? Rodrigo não chegou a uma conclusão. E o discurso de abertura não terminava, repetindo a publicidade exibida num folheto, que mulheres de saiote vendiam na entrada, junto com os retratos dos astros principais.

Finalmente houve uma reverência mais prolongada, os tambores rufaram, e cavalinhos minúsculos surgiram, arrancando exclamações enternecidas. Meninas faziam malabarismo em cima dos animais, que marchavam em fila indiana, dando voltas. Um *clown* miúdo, com uma gola em canudos, executava piruetas estranhas. Risos, música de trote, as palmas do encerramento.

Agora um número de equilibristas. Baquetas, arcos, uma prancha sobre a bola cinzenta. D. Arminda sorri, movendo o leque ao som da valsinha. Os artistas compõem certamente uma família: pai, mãe, quatro garotos, os sexos divididos. Escoaram-se minutos, vieram as curvaturas, os aplausos.

Depois um trio de palhaços. Gritos, cambalhotas, palavras de algum efeito concluindo frases. Laura mostrava os dentes bonitos num sorriso franco. O secretário batia nas coxas, dizia alguma coisa, calava-se aos apelos imperiosos e sibilantes. Seu Cordeiro, os braços cruzados, estremecia convulso, junto às carnes da mulher que se balançavam como gelatina. O noivo, recuado na cadeira, sorria apenas, esperando o intervalo para acender um cigarro.

Quando apareceram os macaquinhos, o riso de Laura ampliou-se. O zunzum pulou a divisão dos camarotes, elevou-se, vindo das arquibancadas e gerais, e começaram as cabriolas, saltos entre arcos, passeios sobre objetos móveis. O homem dos bigodes repuxados orientava os pequenos atores, segurando cordonetes que se prendiam às coleiras, fechadas nas golas verdes.

— Que maravilha!

As exclamações se multiplicavam. Laura acompanha o jogo impossível, com os olhos muito abertos, enlevada. De repente a harmonia se quebra: o terceiro macaquinho escorregou na bola, deixou cair a bandeja. Um puxão no fio preso à coleira, um guincho quase simultâneo. O sujeito dos bigodes abaixou-se, deu umas palmadinhas no lombo do animal:

— Chico está nervioso...

O número prosseguiu. Mas os olhos de Laura estão nublados. Então era assim que eles aprendiam aquilo tudo? Certamente apanhavam, apanhavam muito. E ela se divertia com as maluquices ensinadas a chicote. As coleiras feriam, não havia dúvida.

— Veja, papai. Os bichinhos se machucam...

— Que nada, menina! Aquilo é só para segurar.

Calou-se. Seu Cordeiro não iria compreender, não queria compreender. Viera para se distrair, e ninguém conseguiria aborrecê-lo. Laura procurou as mãos do noivo, encontrou-as frias, inertes. Uma perversidade tratar animais daquela maneira. Não ouvia os tambores rufando momentos de atenção, fugia do espetáculo, o rosto vago. Não viu os números seguintes, nem mesmo o do trapézio, com a moça esguia, elástica.

— Um portento — repetia Rodrigo.

Mas o grito esganiçado, baixo, que a orquestra abafara, corria todo o corpo de Laura. Fechara-lhe os ouvidos, os olhos, erguera aquela muralha que a separava do picadeiro. Ganhar dinheiro assim era um crime.

— É o intervalo...

Gilberto acendeu um cigarro, o secretário propôs um giro pelos arredores. Iriam ver as jaulas, as feras que entrariam na segunda parte. Laura deixou-se arrastar, em silêncio.

Receberam as senhas e cruzaram a portinhola. Novamente o sol, a brisa quente, areia solta. A família perdia-se na poeira, entre populares que inspecionavam as carroças, admirando os rostos estranhos da *troupe*, identificados com os animais de países distantes. Gilberto indicava os característicos do puma, falava na utilidade das lhamas para os índios que as criavam.

— Onde?

— Na cordilheira andina.

— Ah!... — fez D. Arminda.

Os elefantes eram grandes e fouveiros. Empregados limpavam o curral, onde viviam as maiores atrações do circo, bastante conhecidas após o desfile pelas ruas centrais da cidade, em passo moroso, ao som de fanfarras. Próximo ao cercado, o aglomerado aumentara.

— Que bicho nojento...

Laura não achava, teve raiva da mulherzinha de nariz arrebitado. Os comentários encheram o grupo. Uma nuvem cobriu as réstias de luz, aumentou as sombras, limpou o suor que encharcava seu Cordeiro.

— Vamos indo? Não deve demorar muito...

Fizeram meia-volta, pisando o caminho entre as jaulas. Antes de chegar à portinhola, ouviram os guinchos do quarto número. Laura teve uma exclamação, precipitou-se para a barraca, levantou a lona. E parou muda, os olhos muito abertos, as mãos trêmulas. A voz do pai acordou-a.

— Mas isso é uma desumanidade!...

O homem dos bigodes também havia parado, o chicote suspenso, uma expressão indefinível na boca apertada. Afrouxou o cordonete, Chico sumiu-se aos pulos. Outras pessoas chegavam à entrada da barraca.

— Que foi que houve?

Seu Cordeiro explicava indignado. Desumanidade, malvadez, eram uns monstros. Onde estava a Sociedade Protetora dos Animais? Então se fazia uma coisa daquelas? Laura ouvia em silêncio, os olhos pregados nos olhos amarelos, inexpressivos, que não procuravam defender-se.

— Vamos, papai. Agora o senhor viu. Não era o que eu dizia?

— Mas não pensei que chegassem a isso!

— Essa gente é assim mesmo — concluiu Rodrigo.

E atravessaram o risco de areia, chegaram ao camarote vermelho, calados, remoendo a cena que não esperavam.

Palhaços, equilibristas, trapézio. Laura está alheia, virando a aliança no dedo fino, com o pensamento longe. Nenhum interesse. O trapézio, a rede, encontram-se enfumaçados. Recorda a moça do saiote, o atleta provável, uma vida estranha, fora de sua rotina. Nenhum encanto. Brutalidade, ausência de sentimento, como em toda a parte. Seu Cordeiro anima-se, torce as mãos, ri nervosamente. Os outros acompanham interessados a ginástica lenta, segura às argolas. Nenhuma lembrança.

O chicote suspenso havia desaparecido, todos se voltavam para os números variados, cheios de riscos e surpresa. As cabeças levantadas, seguindo os corpos que ondulavam, encontravam-se, caíam no lugar exato. Laura afastou-se ainda mais, encolhendo-se na cadeira, um braço esquecido sobre a amurada que a separava do picadeiro. Não era isolamento apenas, era quase ódio.

— Que bonito, minha filha!

Forçou um sorriso para D. Arminda e continuou parada, como se estivesse em sonho. Os minutos se arrastavam; uma vontade enorme de abandonar aquilo tudo, fechar-se no quarto, sem pensar em coisa alguma.

Não valia a pena fugir. Mas não era fuga. Somente ignorar, não ver, não sentir o que a martirizava. Talvez uma solução. Fechar-se no quarto, fechar-se para tudo o que representasse dor, violência.

Os elefantes despertaram-lhe a atenção. Felizmente não sofriam. E procurou interessar-se, acompanhar a marcha lenta, os gestos retardados. Os joelhos dobravam-se, pesados, com o vagar das dobradiças enferrujadas. Tentou sorrir. Mas os aguilhões desenhavam-se nítidos, raspando os dorsos volumosos, traçando sulcos que não podia ver, sentia apenas. Uma palavra murmurada. Não havia exceções. O impulso veio num reflexo.

— Veja, papai!

— O quê, menina?

— Aqueles ganchos. Eles também maltratam os elefantes... Ensinam obrigando, machucando.

— Nada! O couro é grosso.

Laura calou-se. Seu Cordeiro empurrou a ideia com a mão, impaciente.

— Você está sempre vendo maldade em tudo. Que coisa!

E debruçou-se no parapeito, um instante amuado, em seguida quase alegre, transformando-se rapidamente. Os aplausos frenéticos batiam nos ouvidos cansados. Amendoins, palmas, risos. Laura flutua. Música, luzes, passadeiras coloridas.

O número final, apoteótico, a orquestra repetindo estribilhos. Depois conversas à saída. E o automóvel a rolar para casa, em corrida branda, o vento esfriando a animação. Laura distante, em silêncio, na sombra.

Antes do lanche falou-se um pouco, ouviu-se rádio, com os resultados das corridas, a resenha dos jogos.

— Tirolesa venceu de ponta a ponta.

— É um belo animal — apressou-se o secretário, vendo o caderninho do patrão, onde se baralhavam os assentamentos dos aprontos, *bettings*, *forfaits* e outros segredos das corridas de cavalos. Não entendia coisa alguma, mas se interessava, dizendo frases vagas, alardeando conhecimento.

Gilberto lia o jornal da manhã, procurando nas reportagens a falha do sistema defensivo do Botafogo.

— Esses técnicos são uns errados...

O rádio continuava, as notícias do estrangeiro saíam pela janela, sem rumo.

— Que é que você tem?

— Dor de cabeça, mamãe. Acho que foi o calor.

A copeira arranjava a mesa. Era ajantarado, não havia necessidade de suportar o ritual maçante, as conversas prolongadas no fim da refeição. Laura andava pela sala, inquieta, olhando o jardim. Quase esquecera o circo, embrulhado em fatos vagos; restara uma sensação de mal-estar, desamparo. O macaquinho surgia alguns momentos, desaparecia, sem fixar a recordação do chicote. E seu Cordeiro aumentava, crescia, tomava conta de toda a casa. A boca fina, apertada, o ricto indefinível associava-se ao rosto magro, misturava-se à calva pálida. E Laura evitava o pai.

Nunca havia pensado em assuntos dessa natureza. A revelação brusca atordoava a cabeça loura, constantemente embalada por D. Arminda. Como se portaria ele na fábrica? Imaginava seu Cordeiro no escritório, enérgico, forçando os homens a um trabalho desumano. Impiedoso, brutal. "O couro é grosso." E os operários doentes, curvados, suando. Ainda falava na Sociedade Protetora dos Animais. Era cinismo. Só faltavam coleiras, chicotes e cordões.

— Você está calada...

Estremeceu, passou os dedos na testa, respondeu baixo:

— Minha cabeça.

— Tome um comprimido.

Levantou-se, foi até a copa, deu a volta ao jardim, subiu para o quarto. Aproveitaria a oportunidade, iria descansar. Nenhuma vontade de escutar conversas inúteis. Cavalos, futebol! Tolices, nada mais. Deitou-se, a luz apagada, uns restos de sol desaparecendo por trás da vidraça.

A campainha nervosa chamou-a para a mesa. Espreguiçou-se, afastando pensamentos esparsos, confusos. E desceu rapidamente, para encontrar as mesmas palavras jogadas a esmo.

— Então, melhorou?

— Um pouco.

Rodrigo pôs-se a contar histórias de circo, as observações redundantes. Concordavam, balançando a cabeça, mastigando. O entusiasmo diminuíra muito, permitiam-se análises mais claras. Laura mencionou os macaquinhos, a brutalidade que presenciara. Uma pena, realmente. D. Arminda não sabia onde estavam as autoridades. Uma vergonha haver essas coisas em plena capital da República. Os outros afirmavam. Gilberto falou na barbárie comprovada em vários lugares. Que diriam os visitantes? Um país de selvagens, não havia dúvida.

— Mas o circo é estrangeiro.

— Não tem importância. Se as autoridades permitem, os selvagens somos nós.

— Um pouco forte — atenuou Rodrigo.

A discussão prosseguia, destruidora, patriótica. Seu Cordeiro apenas ouvia. E quando se levantaram da mesa, desculpou-se:

— Vou ao gabinete, que preciso escrever. Somente quinze minutos.

Ficaram lendo revistas, fumando, o rádio ligado. D. Arminda tricotava, sonolenta. A criada passava da sala à copa, feito lançadeira, carregando pratos. Música, o locutor repetindo anúncios de um fortificante — "saúde, felicidade e alegria do seu lar". Gilberto fazia palavras cruzadas.

— Me dê um sinônimo de alegria.

— Alegria... Alegria... Contentamento.

— Não serve. Quero um de seis letras.

O relógio marcava as respirações, Laura seguia o lápis nos quadrados do jornal, os cabelos derramados.

— Gáudio.

— É mesmo... Agora está resolvido. O resto é fácil.

Acabaram o problema entre sorrisos. Seu Cordeiro apareceu emoldurado pelas cortinas, empunhando umas folhas de papel, irradiando satisfação.

— Ouçam o que escrevi. Aquela história do circo não podia ficar assim. É preciso que a gente grite, faça barulho. Uma indecência.

O secretário levantou-se, fecharam um círculo em torno ao dono da casa. E as palavras caíram sonoras, bem articuladas, encontrando ressonância no vaso de porcelana.

— "... Reminiscências da antiguidade, quando o sangue de inocentes coalhava as arenas, para gáudio dos senhores ociosos".

Gilberto sorriu. Cinco minutos para achar uma palavra tola. Gáudio. Era engraçado.

— "Mas é inacreditável que a sombra da barbárie empane os dias hodiernos, quando a sociedade repousa..."

A voz enchia o silêncio da casa. Laura chegou-se ao noivo, disse baixinho:

— Vamos até o jardim?

O rapaz espantou-se:

— Não é possível, minha filha. Seu pai ficará aborrecido. Devemos ouvir até o fim.

— "... E novos patrícios insaciáveis tentam reproduzir as orgias de horrores em plena era do avião, da bomba atômica, nessa etapa em que..."

Foi saindo vagarosamente, parou a certa distância, voltou-se ao chegar à varanda. Palmas, exclamações. Laura ainda viu a janela, o corpo magro a curvar-se, agradecendo numa reverência, como o diretor do circo.

Circuito fechado (1)

Chinelos, vaso, descarga. Pia, sabonete. Água. Escova, creme dental, água, espuma, creme de barbear, pincel, espuma, gilete, água, cortina, sabonete, água fria, água quente, toalha. Creme para cabelo, pente. Cueca, camisa, abotoaduras, calça, meias, sapatos, gravata, paletó. Carteira, níqueis, documentos, caneta, chaves, lenço, relógio, maço de cigarros, caixa de fósforos. Jornal. Mesa, cadeiras, xícara e pires, prato, bule, talheres, guardanapo. Quadros. Pasta, carro. Cigarro, fósforo. Mesa e poltrona, cadeira, cinzeiro, papéis, telefone, agenda, copo com lápis, canetas, bloco de notas, espátula, pastas, caixas de entrada, de saída, vaso com plantas, quadros, papéis, cigarro, fósforo. Bandeja, xícara pequena. Cigarro e fósforo. Papéis, telefone, relatórios, cartas, notas, vales, cheques, memorandos, bilhetes, telefone, papéis. Relógio. Mesa, cavalete, cinzeiros, cadeiras, esboços de anúncios, fotos, cigarro, fósforo, bloco de papel, caneta, projetor de filmes, xícara, cartaz, lápis, cigarro, fósforo, quadro-negro, giz, papel. Mictório, pia, água. Táxi. Mesa, toalha, cadeiras, copos, pratos, talheres, garrafa, guardanapo, xícara. Maço de cigarros, caixa de fósforos. Escova de dentes, pasta, água. Mesa e poltrona, papéis, telefone, revista, copo de papel, cigarro, fósforo, telefone interno, externo, papéis, prova de anúncio, caneta e papel, relógio, papel, pasta, cigarro, fósforo, papel e caneta, telefone, caneta e papel, telefone, papéis, folheto, xícara, jornal, cigarro, fósforo, papel e caneta. Carro. Maço de cigarros, caixa de fósforos. Paletó, gravata. Poltrona, copo, revista. Quadros. Mesa, cadeiras, pratos, talheres, copos, guardanapos. Xícaras. Cigarro e fósforo. Poltrona, livro. Cigarro e fósforo. Televisor, poltrona. Cigarro e fósforo. Abotoaduras, camisa, sapatos, meias, calça, cueca, pijama, chinelos. Vaso, descarga, pia, água, escova, creme dental, espuma, água. Chinelos. Coberta, cama, travesseiro.

As redes

Era um homem que fazia redes. De menino aprendera o ofício, vendo o pai que trançava malhas, sentado ao portal do alpendre. Ainda mais recuada estava a figura do avô, deslindando as franjas de uma varanda branca. Além dele, outros se esfumavam, curvados sobre o mesmo trabalho. Eram todos redeiros.

Na cidade, pelas redondezas, estavam habituados às redes que o homem fazia. Compravam, usavam, e davam-se por satisfeitos. Os velhos ainda recordavam como as tecia o pai: grandes, fortes, de cores firmes. Alguns mais idosos chegavam a lembrar as do avô: escuras, estreitas de alvas franjas pendentes. No entanto aceitavam as redes que o homem vendia, sem compará-las com as antigas, eram coisa nova, essas coisas de hoje, só podiam mesmo ser diferentes. Ele todavia não afastava os seus modelos, buscava na tarefa diária uma perfeição que vinha de longe, seria palpável, luminosa, mas sempre difícil de encontrar. Finda cada peça, deixava-a num canto, para depois examiná-la com rigor. Juntavam-se várias. E quando nelas reparava, não sabia conter aquele desconfiar severo: achava-as curtas, menos resistentes, de colorido um tanto desmaiado.

Nem sempre fora assim. A princípio havia alegria em toda rede terminada, que via beleza no desenho e nos punhos, no enfeite, nos tons e medidas, era assim feito criança inventando arte variada. Parecia mesmo. Dava gosto seu caprichar vagaroso, para de repente admirar-se do resultado imprevisto. Sempre novidade. O ponto, o enfeite, as barras. Tudo se transformava a cada instante, e ele se deixando enredar, os dedos soltos, feliz, na dura mescla tecida aos arroubos daquela animação.

— Beleza!

Lembra-se do primeiro elogio, uma palavra somente, que o fez encabulado sorrir. E do puro orgulho crescendo, a acompanhá-lo dias, palpitando, latejante aviso de que amadurecera, se tornara homem, um redeiro. Outros clientes disseram do seu agrado, confirmaram a quase revelação que o sacudira. Mas a rotina vindoura, as exclamações dos que lhe buscavam as redes, não conseguira modificar o íntimo prazer de trançar, coser, medir, para uma vez a obra terminada ainda voltar-se olhando, como em despedida, como se muito de seu nela ficasse, ou devesse ficar, e logo se distanciasse para nunca mais.

Um prazer demorado, meticuloso. E também sofrido. Naquela época seus dedos não eram tão longos, nem tão nodosos, o corpo não se arqueara tanto, forçado na postura imóvel que as redes pediam. Moço e desempenado. Apenas as mãos iam mudando, avulsas, independentes. Podia acompanhar a transformação. Os dedos ganhavam um mover múltiplo, encompridados se faziam tensos, as juntas mais pronunciadas; as palmas calejavam, endureciam, vincavam-se no áspero caminho que os fios cortavam; os pulsos engrossados, nervosos, de veias salientes. Mãos grandes, semelhando forquilhas. Certas ocasiões, ao vê-las trabalhar, davam a impressão de instrumentos que houvesse atado nos braços. Impressão ruim: nelas sentia o contato do pano, das franjas, o nascer das redes.

Felizmente a mulher não as vira. Se de início tivesse notado, como interessar-se por ele? Como não estranhar um homem de mãos alheadas? Sabia disso, e por isso as escondera. Depois, quando melhor o conhecesse, poderia aceitar as mãos grossas, inquietas, de imprevisto feitio. E assim fora. E então se casara. E viera um grande tempo. As redes se alargaram, feitas de animadas cores. Parecia esquecer moldes e padrões, de tão mergulhado que estava no seu atarefado sentir de um pulsar novo. Repentina vibração, que não era apenas um variar de cadência, mas o despertar de formas, tons, uma visão imprecisa. Durara um curto período, em alucinado afã de trabalho, que finalmente se acomodou no seu ritmo de sempre. Mas aquele inesperado clarão havia ficado, como a orientá-lo. A mulher, que se mudara em presença, felizmente nada percebera.

Pouco depois, alguém viera da cidade vizinha examinar suas redes com atenção:

— São excelentes. O senhor podia ganhar uma fortuna.

O homem admirou-se, quis saber como.

— Saia com elas, viaje, ande por aí mostrando.

Sair feito mascate? Não era para ele. Agradeceu ao moço, fez que ia tentar, estava bem. Mas não, nem pensar naquilo. Então vagar à toa, bater pelas feiras, empurrando as redes como se fossem mercadoria de segunda? Não era para ele. Sabia qual o seu ofício, sabia que um artigo se vende. Mas entre o cortar e o vender, estava o fazer do trabalho, aquele desvelado medir, que harmonizava gesto e sentimento, esvaía longamente os seus dias. Como exibir assim as horas, os meses, tantos anos de solitário gastar-se, coisa íntima, bem sua, que nada poderia dizer aos outros? Era como exibir-se de corpo inteiro, magro, nu, as grossas mãos vazias. Em vitrine, em cima de um balcão, nas barracas da praça. Não era para ele.

As redes valiam sozinhas, ou deveriam valer. Nunca tivera dúvida. Nem mesmo quando chegara o caminhante, apalpando, mexendo em todo lugar, para dizer ao final:

— Mestre, o senhor precisa alargar aqui.

Não entendera.

— Rede é de gente sentar, dormir... o senhor tem que pensar nisso.

Então não pensava? Calado, esperando o romeiro continuar.

— Aumente, meu senhor. E faça mais fortes, mais bonitas. O povo merece, não é?

Fez que sim. As redes não eram largas? E não eram fortes, bonitas? Ora, nem se discutia. Mas ficara pensando naquela história do povo merecer. Pensando quieto, assim num exame de consciência. Dava o melhor que podia, trabalhava imaginando o bem dos outros? Esteve ruminando a pergunta, resolveu-se pela afirmativa. As redes eram o melhor que poderia dar, nunca se afastara de quem viria buscá-las. Se não gostassem, iriam adiante. E ele ficaria à míngua, o alpendre seria pequeno para guardá-las amontoadas. Mas compravam das suas. Certamente eram largas, fortes, bonitas. Esqueceu-se do ambulante e de suas complicações.

Rememora aqueles fatos com alguma estranheza. Tudo parece longe, e no entanto de uma limpa nitidez. Ainda que não saísse a correr feiras, que não aceitasse fazer seu trabalho ao gosto dos caminhantes, outros redeiros tinham embicado na trilha de mascate, procurando seguir a conversa do romeiro. Não eram todos, mas eram muitos. Que os moços saíssem na ciganagem, compreendia. O difícil era entender os mais velhos. Havia até um, para as bandas do agreste, sujeito corrido e afamado, que se largara pelo mundo rodeado de menino aprendiz, dizendo reclame do seu artigo, querendo explicar o porquê era assim ou assado, sempre na vontade do freguês. Onde já se viu? Mais um pouco e estava mostrando umas redes enfeitadas, alegrinhas, dessas que se encomenda para crianças ou moça solteira. Coitado do homem, ignorante da sua condição, nem se dando ao respeito. O pior é que muito redeiro o seguia naquele desfrute, aos grupos visitavam cidades, apregoando, estendendo no chão o de vender. E as redezinhas claras, ingênuas e fracas, se multiplicavam à sua passagem.

Foi moda. Como a que veio depois, já esquecido o tempo de redeiro andarilho. Essa apareceu de repente, não sabe onde. Um belo dia surgiram as redes menores, mais rasas, cheias de enfeites coloridos. E entraram pela cidade inteira, ganhando as casas, da sala de visitas ao derradeiro cômodo. Falou-se em que fora obra de mulher, não tinha cabimento aquele feitio incômodo, o resto só para dar na vista. Não podia afirmar. Mas a verdade é que as mulheres redeiras não demoraram, houve uma porção delas, algumas até de muita valia, e por um curto período ressuscitaram a fase do viajar pregoeiro. Mais tarde se aquietaram, então a maioria desapareceu. Ficaram as que faziam as redes maiores, mais fundas, menos coloridas. E quase tudo voltou ao que era antes.

— É novo!

O grito se dera uns dez anos atrás.

— É diferente!

Também um bradar esganiçado.

— É preciso mudar!

Ouvindo o que os moços diziam, ele tentara encontrar a razão daquele rompante. Então queriam mudar? Estava bem. E que faziam, desejavam o quê? Umas redes nem grandes nem pequenas, de ponta a ponta listadas, em duas cores somente. Falavam nas listas com entusiasmo, não admitiam outro enfeite. Os mais velhos, que desconfiados buscavam a raiz da novidade, eram afastados aos gritos. Listas, listas! O resto não contava, não tinha beleza ou serventia. E muitas redes se fizeram listadas. E no entanto ainda havia quem as preferisse lisas ou rajadas, em mais de duas cores, as franjas sempre alvas. E vieram outros moços, com losangos, arcos e quadrados. E como por encanto a grita se finou.

Hoje, ao relembrar essas coisas, não se detém. Que importaram as modas, os passantes a vender ou gritar novidades, o caminheiro e sua mania de endireitar o certo? Nada, realmente. Para ele, toda variação ou descoberta chegara sem alarde, ali no seu banco, no seu isolado cortar, coser, trançar. Não que fechasse os olhos ao sucedido em redor — assuntava bem, reparava tudo, queria que as suas redes não parassem, balançando lentas pegassem cada fiapo de aragem, quanto mais o vento maior. Todavia não se apressava nesse recolher avulso, nem o dirigia. Era como se de natureza tivesse uma peneira grande, que fosse cada coisa separando, e só lhe deixasse as mãos livres para a miúda escoima do seu sentir.

Não, nada importava. Nenhuma lembrança ruim, que não era de tristeza nem mágoa. Daquela afastada quadra, apenas localiza um desejo ainda mais remoto, pouco a pouco se definindo: queria um aprendiz. Se tivesse filho, não haveria o caso do menino descontinuar, interessado noutro ofício. Saberia mostrar-lhe, desde cedo, o caminho das redes. Mas infelizmente não havia a quem ensinar. E isso o acompanhou longo tempo, uma ausência mexendo em cada peça terminada, que partia seguida pelo seu silêncio.

Um dia, lembra-se bem, ouviu perguntarem da porta:

— Deixa eu entrar?

Balançara a cabeça e o garoto viera para o alpendre.

Ali quieto, demorado, olhando o seu trabalho, o crescer das redes. Não lhe prestara atenção. Mas o menino voltara, arredado a um canto ficava olhando. Horas e horas, braços cruzados, mudamente. Acostumara-se com o pequeno vizinho, até lhe esquecia a presença. Vez por outra, aproveitando um intervalo ou um calmo desembaraçar de franjas, o interrogava:

— Gosta de ver?

Num sorriso, a criança fazia que sim. Ele sorria também, enlevado com o seu mudo assistir. E voltava às redes.

Fora no tempo da exposição. Os jornais da capital andavam escrevendo umas coisas, falando sobre as redes, querendo reunir tudo quanto fosse redeiro. Pra quê? Não tinham explicado direito. Era uma história comprida, o governador no meio, estavam pensando em mandar amostras para o Sul, começar a vender àquele povo de lá. E por isso homens visitavam o interior, vendo peças, apalpando, pedindo. Não soubera o que dizer.

— Tem volta?

O homem do governo ficara engrolando, nem sim, nem não. Iam ver, era popular, era arte, uma honra, entendia? Compreendeu. Fariam a tal exposição, escolhiam as redes, vendiam para a gente da beira d'água. Depois, quem tivesse mais sorte, recebia; haveria até quem ficasse no regular, fornecendo sempre. Não era para ele. Deu as redes que lhe pediam, como se pagasse um imposto. E esqueceu.

Melhor assim. Os meses passando, uma notícia apenas, depois mais nada. O alpendre, o banquinho. E as redes. O menino olhando, agora vez por outra fazendo uma pergunta, sempre interessado. Reparou melhor nele. Estava espichando, ficando taludinho, e parecia vivo, tinha um jeito inteligente, de quem pega no ar um corte, uma cor, o pender de uma fieira de franjas. Bobagem. Achando o garoto sabido, sem que nem praquê, somente pelo seu gosto de vê-lo trabalhar. Soberba, maluquice, ou vontade que fosse. Calado prosseguiu na tarefa.

Mas aquilo bulia com ele. O menino parado, vendo as redes. E crescendo, virando molecote, sem perder o gosto de seguir o fio trançando malhas. Então, num repente, a pergunta saiu:

— Você queria aprender?

A resposta veio pronta, alegria na voz. E ele:

— Está bem. Eu ensino.

Logo ajuntou:

— Peça licença em casa. Diga a seu pai. Eu ensino.

O rapazinho saiu mais cedo, voltou em seguida para dizer que já falara, combinara tudo. Vinha aprender. No outro dia, começou. E ao mostrar-lhe cada fase do trabalho, o homem se admirava de encontrar a palavra exata, ele que nunca falara a ninguém do seu ofício. As frases vinham naturais, como se há muito as dissesse, como se por toda a vida outra coisa não fizesse senão ensinar. Pensara no pai, no avô, tentando lembrar o jeito deles no tarefar das redes. Falavam? Não tinha reparado, não sabia. De poucas palavras, os dois viviam quase em silêncio, era possível que trabalhassem calados. E ele, como aprendera? Agora, ao dar aquelas explicações, via que tinham importância, economizavam tempo, o rapaz avançava ligeiro. Sorria, um tanto melancólico. Ele não, precisara adivinhar, quebrar a cabeça, encontrar o seu próprio andor. Gastara anos e anos, demorado fizera tudo o que então explicava ao menino. De quando em quando, uma dúvida o assaltava: seria melhor de outra forma? Verrumava naquilo, terminava achando que não. Fora bom quebrar as unhas, machucar as mãos, errar e corrigir, matutar no que seria uma rede perfeita. Se antes lhe houvessem dito... Bem, talvez não fosse diferente. Conhecia o seu feitio, não se contentaria com o seguir de outros, certamente iria perder o sono buscando um caminho só dele.

— Não. É melhor fazer assim.

E no entanto, como que impunha ao rapaz a sua vontade, o seu corte de redeiro. Estava certo? Não era querer fazê-lo à sua maneira, com risco ou molde, besteira de repetição? No fim, tudo o mesmo rame-rame.

— Desse jeito. É, até o fim.

De novo duvidando. Ia sair um redeiro igual, figura copiada. Reagia, precisava ensinar, tinha só aquele modo. Mais tarde, quem sabe o que viria a ser?

— Está bom.

Os dois, os meses correndo. Um ano. Quase não se falavam, os dois juntos no trabalho. Ele na frente, dirigindo, o rapaz ajudando. Bem que reparava, faltava pouco a ensinar. Podia lá dizer como escolhia uma varanda, uma cor, um combinar do seu agrado! Não podia. Então insistia no cortar (bote o tento em qualquer medida), no arranjar das cores (só redeiro mambembe faz mistura ruim). De trançar, o rapaz bem aprendera. Agora, era inteirar o seu tempo. Mais dias, menos dias, contava com obra acabada.

E verdade seja dita, ainda que vez por outra pensasse no assunto, a surpresa foi grande quando o rapaz lhe mostrou sua primeira rede. Menos surpresa, talvez, mais comoção. Um aperto na garganta, examinou vagaroso o trabalho. Sorrindo. Em silêncio. Balançava a cabeça, aprovando, querendo encontrar uma palavra. Mas não lhe chegava nada. Limitava-se àquele mudo aceno, sem olhar o rapaz, as mãos alisando a rede.

— Vamos armar.

Que dizer? Gostaria de mostrar os pedaços bons, os trechos onde via melhor o redeiro novo. Entretanto se desviava para os defeitos, fixava-os, antes que o elogio saísse. Reparava aqui, ali, certificava-se: os enganos eram bem pessoais, como se não houvesse existido aprendizagem. Isso o animava. O rapaz desejara fugir à sua regra, não temera arriscar-se, entrar por um terreno desconhecido. E fizera uma rede. Com falhas, mas uma rede.

— É...

Podia largar uma opinião. Conteve-se. De que valia? Era aceitar a rede, o seu dono. Mais tarde, com tempo e vagar, ele iria acabando as bobagens, emendando, mudando. Corrigindo, crescendo. Tinha certeza. Bom aquilo de largar-se, não ter medo. E sem esquecer as medidas, as franjas, as cores. Um redeiro, não havia dúvida. Ia ficar, sim senhor. Talvez já fosse.

— Bem...

Não, não diria nada. Ficaria calado, vendo aquela ramagem, sentindo o pano grosso entre os dedos. Uma alegria.

Lentamente dobrou a rede, sorriu, passou o braço pelo ombro do rapaz. E foram sentar-se nos bancos, a um canto do alpendre. Juntos começaram a trabalhar.

O carneiro

Fim de tarde, a caminho da praça. Os morros por trás dos edifícios. A brisa que vem do mar. Cerca de fícus, relvado, varanda com persianas. Eu e meu filho pela calçada.

— Por que passarinho não cai da árvore?

Sorrio, dou uma resposta. E ao me calar não mais encontro o meu domingo: ele se fez distante, recuou uns vinte anos, é do tempo em que este bairro praticamente não existia. Revejo aquele primeiro passeio. Vou de bonde, não por esta rua (então um simples traçado), mas pela avenida. Aos lados, areia buscando o mar, ou beirando a favela que se iniciava. Apenas os morros cresciam ao fundo, mais visíveis sem o colar de prédios altos. Isto era quase um descampado. Ao lembrá-lo, a interrogação me assalta: será que a cidade está passando? Meu pai diria que não, objetivo achando que uma cidade se modifica, não olharia a paisagem desfigurada. Meu tio responderia de outra forma: estou acostumado a passar, vou passando, até pela cidade. Meu irmão, que chegou primeiro e logo a ela se apegou, tentaria isolar esquecidos traços, conformado ficaria ao encontrar seus retalhos de antes. Mas a pergunta continua. E em vez de respondê-la, ando. Eu e meu filho pequeno. Sentindo que a cidade mudou, que estou passando, e desejo recompor seu antigo feitio.

Um velho domingo. Era dia de gravata, paletó, sapato preto com meia branca. Havia guerra e um certo ar luminoso embaçando as árvores, lá no começo dos montes. Os ônibus quadrados, toalhas nas mesas dos bares, as casas amarelas com varandas laterais. A partir da igreja, o areal se fazia mais frequente, as quadras se despiam, o bonde lento dava vista para o mar. Lote A, vende-se. Uma estátua, os canteiros. Meu pai dizia um nome, em voz baixa explicava a cidade. No fim da linha, a descida no largo, os bazares fechados, adiante o canal, a estrada renteando as pedras altas. Um café. E o cigarro que não acendia, com vergonha de fumar. Calado olhava as ondas arrebentando longe.

O mar e suas praias. Nenhuma parecida às que deixara para trás, desertas, compridas, mais distantes ainda em meio àquele bulício. E no entanto belas. Meu tio remava, nadava bem. Às vezes me olhava e dizia: você é a cara dele. A cara do irmão, que morrera cedo. Santa Luzia e Flamengo desapareceram. Mas havia as barcas, íamos ao outro lado da baía, onde alguma coisa me lembrava o Norte. Prancha, boia, trampolim. No lanche, média com torradas de Petrópolis. Os cartazes dos cinemas anunciavam filmes de "comandos", os jornais eram lidos à pressa, e falava-se mal do governo. Longamente. Os navios ancorados, na volta, dormiam sem luzes: eram cinzentos e pareciam vazios. O cais, Praça 15. Ainda que saíssemos de roldão, dava para ver os bancos de madeira, as árvores gordas, os casais demorados entre os canteiros.

Meu irmão ensinou-me das praças. Ou foi o Marques? Aprendi a querê-las, andando à noite sem destino, vendo o seu risco particular, sua gente, completando-as nas ruas próximas. Suburbanas, de bairro, do centro. Diferentes, apesar de tanto em comum. Os jardins com música, soldados, crianças em volta do coreto, cercados de bilhares e clubes, os trens passando ao fundo. Os largos iluminados nos postes e fachadas de cinema, grama cortada, vestidos azuis. Ensombrados campos de chão batido, quiosques, uma trave esportiva plantada ao canto. Vejo a lua no céu, dois pares pequenos. Em dezembro, "Os Caprichosos da Tijuca" principiam a ensaiar. Rua Medeiros Pássaro, D. Emerenciana, Rua dos Araújos. Há cadeiras na calçada. Passeando, meu irmão perguntou-me um dia: já notou como domingo é coisa inocente? As praças respondiam que sim.

— Papai, estou cansado.

Pego meu filho nos braços e vou andando. Este bairro. Novo, claro, cheio de crianças. Esta rua. O mesmo chão que um dia vi de areia, apenas demarcado, fugindo para as bandas da lagoa. Por um instante, a impressão de que a tudo assisti, soube do nascer de cada edifício. E isso me confere um sentir lebloniano. E a marcha do bonde que antes me levava se muda em avançar pioneiro. E o filho que hoje trago no colo tem as cores de uma bandeira.

— Por que você está rindo?

— Nada, meu negro. Bobagem.

Fico sério, encabulado, como se o menino pudesse entender aquele sorriso. Olho-o junto a mim e vejo o pequenino sinal sobre o lábio, a curva do nariz aparado, a russa penugem de sua face. Três anos. Sorrio de novo, agora enternecido. E confesso por que: um trecho desta rua ficará no rosto de meu filho.

Adiante, a praça. É grande, florida, tem verdes relvados. Prédios maiores em torno, um restaurante e uma garagem, o emblema de acrílico. Pontos de ônibus, o muro e o baldio. Carroças de pipocas onde param babás.

Da praça que existia, no velho domingo, somente as amendoeiras restam.

— Olhe o carneirinho, papai.

— Estou vendo.

— Eu quero ir.

— Sim, vamos lá.

Atravessamos. A charrete, o carneiro atrelado. Sento meu filho no banquinho, o garoto de pé no chão arrasta o cabresto, vou andando atrás. Reparando o bicho miúdo, magro, de encardido pelo branco. Os cascos resvalam no cimento, ganham mais firmes o caminho de terra que separa os canteiros. Rangendo, o carrinho segue. Nos flancos do animal, os arreios deixam escuros sulcos, tirando a lã, marcando o couro, chegando quase a ferir. Um pobre carneiro de aluguel, sujo e talvez faminto, liso de chifres, ossudo focinho, o toco de rabo prolongando o espinhaço à mostra.

Meu filho se volta, sorri para mim um largo sorriso molhado. Agita o braço, sacode-se no arremedo de um ritmado cavalgar, e grita alegre:

— Upa!

Na fazenda, atrás da casa-grande, o terreno descia para o rio. Chão batido, árvores. E as moitas perto d'água. Mastigando o capim ralo que nascia à esquerda, eu encontrava "Mimoso". Era um carneiro grande, gordo, de curvos cornos estriados. Seu tufado pelo branco, a fita vermelha com o dourado guizo pendente, a corda fininha presa ao tronco da goiabeira. Soltava-o, ia com ele até o rio, sempre o mesmo lugar (a pedra lisa, o galho baixo raspando a corrente), e me demorava a vê-lo beber. Depois, quando não era dia de banho, levava-o para o outro lado, subia a encosta ligeira que ficava logo adiante do curral. À medida que avançava, puxando a corda e ouvindo o chocalhar do guizo, ia vendo crescer o rio, curvar-se além do bambual, reto embicar para a cidade, longe. O pasto, as roças, as casas queimando o verde com os seus telhados vermelhos. Chegado em cima do serrote, largava "Mimoso" por ali e me encostava ao mourão que era divisa. Mais um pouco e buscava a sombra da tamarineira. A tarde acabando, o meu carneiro fazendo soar o seu guizo, lento caminhando, gorda massa branca solta no capim, a se recortar contra o céu já feito sombra.

— Mais uma.

— Não, filho.

— Deixa outra volta, papai.

Pede, mostra o carneiro magro, levanta o braço com o entusiasmo que vi há pouco. De trás dos morros, vai chegar a noite. Um instante indeciso. E faço sinal ao moleque, traçando na praça uma volta mais curta.

Aquela alegria. Poderia ser a mesma com que olhava "Mimoso", fim de tarde, ouvindo o seu guizo? De novo reparo o carneiro sujo, de pelo sovado, arrastando a carrocinha. E de repente uma tristeza vem até a mim, confunde-se com os arrocheados tons escurecendo a tarde. Sinto pena do bracinho que se ergue, dizendo "upa" ao bicho de focinho ossudo, ao bicho faminto, sem fita, sem guizo. Para meu filho, desejaria a beleza de um "Mimoso" peludo subindo a encosta de relva, buscando a tamarineira grande, balançando a campana dourada que ponteava seu gordo caminhar. Não esse feio animal cansado, em meio ao bulício da praça. O branco "Mimoso" na paz da fazenda.

Surpresa. Então, será que para ele eu não desejaria esta praça, esta cidade? Olho em volta. Somente as amendoeiras restam, no cerco dos edifícios. Procuro a linha dos morros, ao fundo, que se mostra sempre igual. Mas não adianta enganar-me: a cidade está mudando, vai passando, é preciso que me habitue a passar também. Não lembrar a fazenda, esquecer "Mimoso". Recolher pedaços de lembranças mais recentes (praia, canteiro, domingo) e com elas encantar esta paisagem de agora, fazer um cenário onde caiba o sorriso de meu filho. Conseguirei? Se pudesse guardar intacto o que passou, estaria seguro, decidido iria traçar meu roteiro de cidade. No entanto o recordar se mistura, escorre pelos dedos, entra pelo que hoje sou, não o que fui, na fazenda, no passeio de bonde, ou no simples querer recompor a feição desta praça. Reparo os prédios, os postes, o pálido posto de luz fria. São novos. E todavia, baixando com a noite próxima, há qualquer coisa de antigo, de melancólico, forçando o rumor da praça. Ou serei eu?

— Upa!

Esta cidade é a que desejaria para ele? Não me respondo logo. Vejo o bracinho levantado, a nuca frágil, o cabelo ruivo que se arrepia. Corte americano. Três anos. Nasceu aqui, não deixou nunca os limites deste bairro. Queimado de sol, camisa aberta, sandálias. O seu chamar por mim tem um sotaque local. E apesar disso, nele me encontro subindo a encosta, levando "Mimoso", ouvindo o seu guizo. Não posso evitar, sei, porque são coisas minhas. Eu vejo meu filho assim, fim de tarde, subindo a caminho da tamarineira. E ao mesmo tempo não sei afastá-lo de praia, canteiro, domingo. Sua cidade, sim. Com o seu velocípede e a sua calçada, seu lugar na mesa, no ônibus, da escolinha, na janela do apartamento, seu mudo seguir os pardais nas árvores, os urubus sobre a favela, os aviões entre as nuvens. Sua cidade, e não outra. Minha cidade também. Um pouco ontem (ouvido, visto, sentido), hoje o suficiente para amá-la. Amanhã, decerto, será muito. E sei que a minha cota de mar, de morro, de manhã se abrindo ensolarada, eu a olharei também com os olhos de meu filho.

— Pronto.

— Mais outra — pediu já meio cansado.

— Não, agora acabou.

Tiro-o do carrinho, pago ao moleque, ainda vejo

um instante o carneiro magro. Voltamos. Difícil esquecer "Mimoso", impossível não lembrar a fazenda. Em frente, as primeiras luzes nos edifícios.

— Me dá pipoca?

— Não pode. Você vai jantar.

Manha ligeira. Ponho no braço meu filho, abrando a voz. Mostro os globos acesos, ele se cala. De novo a calçada, a rua já sombreando, lá adiante as árvores do canal. Uma cigarra avisa do verão, do céu limpo. Levanto a cabeça e acho uma estrela.

Já notou como domingo é coisa inocente? Meu irmão saudaria assim aquela estrela piscando no céu violeta, ao canto de uma cigarra, sobre as escadas vazias da ruazinha deserta. Cena arrumada, cartão-postal. Meu tio é possível que alinhasse as suas estações passadas, achando-as perdidas, fizesse o cálculo do seu rosário. Lentamente. Meu pai abriria a boca no riso mudo, um minuto espantado com a descoberta, para em seguida esconder o riso, o espanto, o seu próprio olhar o céu. Penso nisso e sorrio. Aponto a estrela:

— Bonita, não é?

Meu filho repara nela e não diz nada. Fica de rosto para cima, buscando outras luzes. Volto ao chão, a ver onde piso. Uma calçada que se estende curva, abre-se mais à frente, dá lugar às plantas, ao canteiro que recuado enfeita a entrada do edifício. Palmas, largas folhas escuras. E familiares.

Elevador, campainha. A sala do apartamento, a vozinha que se perde entrando pelo corredor, a repetir uma palavra que não chego a entender. Abro a janela, percebo uns restos de alaranjada claridade que vem de trás dos montes. Os prédios fronteiros acabam logo abaixo, vejo os telhados próximos, a rua lateral que segue abrindo um claro nos blocos das cinzentas construções lisas, ao fundo o mar que recortado se interrompe de início, alarga-se depois, com a sua ilha solta na entrada da baía.

Demoro-me parado, olhando. Rumor de bonde que se aproxima, trazendo o passeio distante, os bazares no fim da linha, o canal, a estrada costeando as pedras altas. Hoje sumidos, mudados. Leblon novo, Santa Luzia e Flamengo sob a areia. Domingo, noite, o subúrbio ausente. Daqui a pouco haverá lua? Se houver, não terei cadeiras na calçada. Daqui a pouco será o jantar.

— Papai, liga a televisão?

Saio da janela, vou fazer o que ele me pede. A tela que se ilumina, uma sombra, o som chegando, e finalmente a imagem do passarinho animado. Um instante vendo o seu desenho. E torno à janela, ao bairro que noturno já é, todavia ainda claro. Os telhados, o vazio entre os prédios, e luzes, areia, mar. Uma cidade, em breve minuto sozinha. Com as suas antenas, seus trilhos, árvores e canteiros, seus navios ancorados. Suas praças. Nelas, um carneiro magro puxando crianças, levando o meu ruivo menino. Esquecer "Mimoso"? Não, eu o lembrarei sempre. E meu filho guardará também a memória de hoje, do seu bicho faminto, escorregando pelas aleias da praça. Mas a guardará assim? Talvez não. Um carneiro grande, forte, peludo, um carneiro bonito. E eu, se estiver ao seu lado, direi que esta nossa tarde foi de um limpo carneiro branco. É até possível que veja menor, mais apagado, o "Mimoso" antigo, e o misture, com fita e guizo, à sua futura lembrança de agora. E serei verdadeiro. Então, a lua sairá sobre nós dois, e simples a veremos no céu, passando, cigarras, dezembro, nossas cadeiras na calçada, esta mudada e funda cidade como um presente.

Asa branca

Tarde da noite. A neblina veio de repente e fria, com os seus capuchos calados, rolando, ganhando corpo pelos edifícios, a copa das árvores, molhando o asfalto. No ponto de táxis, somente um carro.

O para-brisas embaciado, gotejante, nublando ainda mais os globos de luz que se vão afastando e branqueiam a avenida. Severino está encolhido, modorrento mas desperto, ouvindo rádio. A voz do locutor é a única presença dentro da noite. Faz o serviço uma coisa viva, quando a cidade se enrola deserta e nenhum freguês aparece. Não deixa que o sono derrube Severino.

As ruas aumentam de madrugada. Crescem ao longo do mundo, são caminhos que viram estrada, pista, ganham velocidade. É bom o trabalho noturno, cortando a cidade com os sinais amarelos, uma cidade que se desdobra e silencia, apenas o motor, a brisa, o resto dormente.

Esta praça já sem namorados, entregue a si mesma. Com o vago perfil das árvores, os seus canteiros escondidos. Toda entregue à névoa também garoa, que se enovela quieta, gaze e plantas.

Severino é mais ele agora de noite. Quando descobre o vulto do vigia na calçada, encostado ao portão, recortado contra a alva neblina, uma figura escura de longo capote e largo chapéu, o jeito de campos se escorando num pilar. Quando olha o homem e se sente apartado, sozinho, entre os dois o vidro do carro, o nevoeiro, a cidade inteira. Quando acordado é como se dormisse, o silêncio com o rádio por dentro, aquela voz de longe, e tudo feito uma redoma só para ele.

Apesar do frio, está quente. O calor da jaqueta, das meias de lã, o aconchego. Está um som embalante, quase íntimo. De anúncios que se abrandam porque é noite, não há pressa, muito tempo para comprar. Talvez daí a sensação de calma.

Então, vagarosa também, vem a música. Principia uma cadência, apenas, um ritmo que leva Severino a se perder de ouvidos abertos e por eles virem entrando os seus velhos guardados de memória. Ecos de feira, de cantador, o xenhenhe. Como um refrão, apesar de introdutório. Nesse já começar se repetindo.

A voz, nasalada, como de cego. Ali cantando no escuro. A canção conhecida, esquecida quase, num instante acordada. Com o arrepio dos seus versos. Com a sua ave de arribação, asa branca, se retirando também. E a recordação de que era um canto agourento, de miséria, de tristeza que vai embora com a gente. Para nunca mais voltar.

Ouvindo, a cabeça encostada no banco do carro, Severino anda no meio da música. Lentamente. Naquele andor de carreiro, antigo e ronceiro. Revendo a paisagem, a letra, na mistura de cor e palavra, os seus feitios. E sentindo que não é só o canto familiar, é mais, tem um jeito de agora, como se ele mesmo houvesse retornado, e recantado, e revivido. A voz nasalada continua, seguida pelos novos instrumentos. A canção gonzaga, o som caetano, ela se retira secamente e no entanto volta, sem melodia, apenas modular, como rajadas, levas que vêm, pés pisando, repenicando, batendo pelo chão, se quebrando e insistindo, nhã, e falhando, e crescendo, e sumindo, nhã, nhã, cega, rude, surdamente, a dormência arrancada e da garganta que é feita um homem chorando, e acabando, nhã.

O silêncio um instante. E nesse vazio, terminou tudo e só ficou a cidade. A névoa, os focos de luz branca, a praça embiocada. Como o vulto do vigia, também solitário.

Aí Severino se sentiu estrangeiro, foi então que ele se viu nortista e de empréstimo. Solto no meio da garoa, com a frágil proteção de um carro pequeno. E com frio, e acordado, quando todos estavam dormindo. Ali como um fantasma, sentado entre os túmulos cinzentos de janelas apagadas. Ali como um perdido, esquecido até das ruas, parado sem ter para onde ir. O serviço noturno a mesma encruzilhada.

O rádio tornou a falar, anunciando. Severino ligou o motor, saiu devagar. E foi tocando o seu carro pelo asfalto, nhã, furando a neblina, branca asa cortando, branca, sobre a noite grande de inverno.

O caminho para Interlagos

Fim de jantar, os dois casais na sala com lareira. Conhaque, cigarros, a conversa pouco a pouco, de velhos amigos, o tom mais baixo que deixa livre um brando vento nas cortinas, o silencioso cheiro de plantas, o azul de uns ladrilhos de Aldemir, balança e peixes. A dona da casa está sentada no tapete, como há muito tempo.

Nós merecemos este momento não tão importante o suficiente para ser lembrado, ou já nos distorcemos o bastante para só gravar o que é tenso, útil, inteligente? Como se respondesse à pergunta, o amigo principia a falar, descuidado e contando:

— Hoje eu vinha pela Brasil, na hora do almoço, e dei carona a um menininho.

A mulher, que já ouvira a história, entra animando, vá, que coisa. O marido continua:

— Tinha uns dez anos, ainda de calças curtas. Eu o levei da Rebouças até a Brigadeiro, fiz uma volta porque tive pena. Ia para Interlagos.

Pausa. Minha mulher, mais uma vez deixando cair a cinza do cigarro, o interrompe:

— Para Interlagos?

— Sim. Por quê?

— É um garoto magrinho, moreno, de cabelo claro assim melado?

— É — responde nosso amigo, abrindo um sorriso devagar como se refazendo uma cena, um menino, uma impressão.

Minha mulher vai lembrando:

— Nove irmãos, o pai foi com outra para o Rio, não arranja trabalho? Esse eu conheço.

— Então ele faz ponto na Avenida Brasil?

— Hum-hum. Uma vez eu o peguei na esquina da Augusta, fui até o Ibirapuera, cheguei atrasada na escola da Manuela. Quando você falou em Interlagos, eu vi logo. Dei a ele dez cruzeiros.

Rimos. Meu amigo confessa:

— Eu dei cinco.

A mulher dele, ainda rindo:

— Pão-duro.

Ele se defendendo:

— Mas teve a carona.

Eu, que também já ouvira do menino, avanço a dúvida:

— Quem sabe ele não mora mesmo em Interlagos, não tem nove irmãos e um pai que se mandou para o Rio?

Reforçando a dose de conhaque, um tanto estranhado, meu amigo comenta:

— É um garoto seriozinho, fala direito. E com dignidade.

— Isso mesmo. Com dignidade — concorda minha mulher.

— E não pede dinheiro.

— A mim também não pediu. Contou a história, agradeceu a carona. Eu é que dei, ele até ficou meio constrangido. É um ator!

De novo rimos. E eu, revirando soluções com pessoas:

— Se ele não pede, e realmente pode morar em Interlagos, ter nove irmãos e um pai ausente, não é golpe. Não está configurado.

Os três ficam me olhando, sorrindo. Eu concluo:

— Ninguém pode impedir.

Seguimos brincando, rindo, meu amigo partindo para outro rumo:

— Com dez, doze caronas, a cinco e dez cruzeiros, ele faz uma féria de uns cem por dia.

— É um bom negócio — aceito. — Mas o menino se expõe, no meio desse trânsito. Existe a taxa de periculosidade.

A dona da casa acrescenta:

— E a ideia não vale nada? Tem ainda o lado criativo, a bolação, não haviam descoberto isso.

Eu ajudando:

— E a seleção do público, uma audiência de classe média para cima, toda motorizada. O resultado tinha de ser bom.

Mais uma vez rimos. E mudamos de assunto, naturalmente, amanhã é domingo, a gravura abstrata um caramujo, pela janela ao longe as luzes de mercúrio da cidade universitária, bom o conhaque, e tudo continuando, e fruindo, e lentamente, a vaidade passada a noite e fim de semana. Mas o caminho para Interlagos ainda estava, a troco de nada, e no entanto incômodo.

Terno de Reis

Na última laje do edifício, a camisa enfunada pelo vento morno, o homem interroga a noite, o mar, as sombras próximas. A vista descansa nos elementos da paisagem, move-se lenta, baralha os contornos fugidios. E Copacabana se estende como severa plantação de arranha-céus.

Por que insistir nas lembranças? Severino passeia entre as vigas, baldes e tábuas soltas, fugindo à visão dos blocos alinhados, da areia que a franja de luzes torna ainda mais branca. Sim, por que desfiar lembranças? Gostaria de afastá-las; deseja embrulhar a solidão na companhia ruidosa, prolongar o convívio da obra. Mas não é questão de vontade. Espera que o trabalho se cale, e sobe ao terraço da construção para ficar horas em silêncio, entregue aos horizontes de água e concreto.

Não faz muito que a noite varria o chão crestado, e o canto dos grilos escondia as plantas murchas, o céu despejado, os aboios inúteis. Plantados na terra vermelha, os pés enrijeciam, cansavam-se a desejar nuvens, que um dia cobririam de chuva a planície. Mas os corpos enxutos, os moirões das cercas derrubadas, os animais de olhos compridos não eram mais promessa. Restava o caminho, além da porteira. Então, descalçou as sandálias e atravessou o leito do rio, direito, para sempre.

Por que as lembranças? O rosto de Severino contrai-se, a mão grossa tem um gesto sem rumo. Pouco a pouco vai adivinhando o que está à sua frente, as imagens antigas se esfumam, dão lugar ao balaústre de cimento, ao elevador que é uma prancha de madeira, suspensa de cabos visíveis. Os olhos abarcam a roldana, as pernas se movem. Sair, procurar gente, esquecer a noite e o resto do mundo. Segura-se à corda, põe-se a mover a trave de ferro, começa a descer o espinhaço dos andares vazios. Uma parede enorme e lisa, os telhados mais altos, depois o teto das árvores. Agora são os pilotis esguios. E após um baque ligeiro sente o fofo, o revolvido terreno, anda pelo *hall* imenso, descampado, na direção do tapume.

— Ainda não foste embora?

Os cabelos de seu Antero surgiram atrás da coluna, apagaram-se num sorriso bom, que envolvia toda a figura mirrada.

— É, fui não.

O velho se levantou do banquinho, apontou com a bengala um canto mais claro, onde alguém trabalhava no barulho do martelo, no raspar do formão.

— Ficou somente o seu Orlando, que está a fazer esquadrias.

Severino acompanhou a voz de sotaque forte, chegaram ao lugar em que o negro preparava a madeira, encontraram os cavacos miúdos, os braços lustrosos, os dentes muito brancos.

— Então?

Não era pergunta, era um convite. Achegaram-se, o velho Antero capengando, Severino a evitar os objetos largados pelo chão, e ficaram vendo o serviço do outro.

Algum tempo calados, apenas o rumor das hastes nos caixilhos, de uma buzina perdida longe.

— Está no fim.

Mais um instante em silêncio e o negro Orlando parou. Sentou-se no monte de tábuas, acendeu novamente o cigarro, e começou a dizer, como se estivesse falando sozinho:

— Essa vida é uma besteira. Acabou o Natal, o Ano-Novo, passou tudo que é festa. E a gente continua no mesmo.

Seu Antero pôs-se a encher o cachimbo, estirou as pernas, balançou a cabeça.

— Ora, meu amigo! Eu já nem penso nessas coisas. Entra ano, sai ano, e ainda fico alegre por não descer à cova. Na minha idade...

Alisando o cabelo agastado, Severino demorou os olhos no vigia, mudou-os para o carpinteiro e perguntou de repente:

— Que dia é hoje?

O negro fumava, o português respondeu surpreso:

— Quinta, não é?

Severino insistiu:

— O dia?

— Seis.

Acima do tapume, entre a folhagem esgarçada que as árvores fronteiras alongavam, as estrelas se fizeram mais vivas e a noite cresceu, mais branda, mais leve. Então era aquilo? A visão apareceu nítida, moveu-se o cortejo, animado e sonoro. Os chapéus de palha, as saias de estopinha branca, os cajados cheios de fitas. A solidão apagou-se na reminiscência da cantata, das figurações, e um jeito de sorriso franzia os lábios de Severino quando ele disse:

— Dia de Reis...

Os outros apenas ouviram, sem entender. Mas agora tomava corpo aquela saudade funda, que o vinha sujigando ao cair da tarde. E precisava falar.

— Pois na minha terra hoje é dia de um festão. Com música de charanga, muita dança e muita cantiga. Uma beleza, mesmo.

— Que festa?

Levantou-se, o rosto moreno e espantado. Não conheciam? A gente saía em rancho para a igreja, ia ver a lapinha, os reis do Oriente. Depois era a visita às casas de família.

— E o terno voltava de madrugada.

Orlando continuou riscando os ladrilhos, à espera de que a narrativa prosseguisse. Mas Severino parara afogueado, não punha tento nas palavras, revendo uma figura de pastora, os enfeites de velbutina, cestinha no braço e o pandeiro de folha a rir brincalhão. Ele de branco, ouricuri, castanholas de jacarandá. E o violão casando-se à flauta, o povo nas janelas, os dois andando em compasso miúdo, floreado.

— Hem?

O negro repetiu:

— Eu estava dizendo que lá em Minas também celebram. Tem presépio, os reis magos, pastores. Minha tia me levava pra ver.

O velho Antero vasculhou a memória:

— Homem, se não me engano também faziam uma coisa assim na aldeia. As raparigas vinham com umas cantorias... Mas faz tanto tempo...

E se pôs a coçar o peito curvo, de cabelos grisalhos, num vaivém quase de carícia.

À frente das lembranças, Severino revia o mestre-sala diante do grupo, dançando só, depois em trio, finalmente com os demais. O emblema do rancho brilhava na sua cabeça. E as fileiras se deslocavam ao ritmo do ganzá.

— A mais bonita das festas é o Terno de Reis.

Encostou-se à parede, uma vontade enorme de contar o que boiava nos olhos fixos, arrematando com desespero:

— Vocês não podem imaginar.

As flores de parafina até pareciam verdadeiras. Nasciam perto da manjedoura, cresciam à beira do riacho de vidro, talvez espelho. Mas tudo era apenas um instante. O rancho entrava, enchia a sacristia da matriz, onde estavam a lapinha, os reis, e os santos. Faziam a oração do costume, uma reza breve. Saíam depois, voltando pela rampa, que a escada podia desarrumar as filas. Cruzado o largo, passavam em frente ao muro de seu Nonato. E os jasmins subiam no ar, fazendo mais leve a cadência do bloco, a voz das pastoras, a voz de Rosália.

— Então?

Os olhos de Severino baixaram para os dois amigos. No jeito deles, sentados, as mãos e os rostos pediam a história da festa. O cachimbo do velho Antero fez uma curva ampla.

— Fala, rapaz.

— Mas é preciso dizer os versos, é preciso cantar.

O carpinteiro se entusiasmava, o vigia queria também, agitado com a ideia de ouvir trovas desconhecidas.

E Severino pôs-se a contar. Era uma coisa antiga, do tempo do avô, do tempo mais longe, o Terno de Reis. Do tempo em que a vila nem mesmo existia. Folguedo e charanga, o povo dançando, vestido com enfeites. O avô lhe dizia: "— Pra mais de cem anos, que vem sendo assim". Visita ao presépio, a volta no passo, o assalto no fim. Os donos das casas sorrindo espiavam. E logo na entrada o terno rompia:

Vinde abrir a vossa porta,
se quereis ouvir cantar...

Os pés se arrastavam no ladrilho, em figuração ligeira, o corpo de Severino tomava um bamboleio que a música ditava, brejeira e sincopada.

Acordai, se estais dormindo,
que vos vimos festejar.

A casa era aquela. Mas o chefe da família negaceara, obrigando o rancho a entoar as quadras que o pedreiro repetia, batendo palmas:

Abra já a vossa porta,
pois temos muito que andar.
Antes que o dia amanheça,
queremos a Belém chegar.

O negro Orlando e o velho Antero levantaram-se. Severino continuava, os modos e a voz mais vivos do que os amigos poderiam imaginar:

— Quando abriam a porta, entravam todos, dançando bem chorado este lundu e cantando:

Cavalheirismos,
briosas ações,
são dotes que esmaltam
vossos corações.

Agora ele não mais narrava. Poderia falar nos licores e doces com que a dona da casa agradecia a distinção. Mas o ritmo era forte, não permitia a interrupção necessária a que os fragmentos se ligassem, prosseguia nas variações:

Xô-xô, bichinho,
xô-xô, ladrão,
cadeado do meu peito,
chave do meu coração.

Severino lembrava-se de que isto fazia parte de um outro rancho, versos trazidos de fora e aceitos pelo mestre. Quis dar uma explicação, mas viu que o velho Antero deixara a bengala, ensaiava uns passos lentos, capengando no chão liso. E repetiu no mesmo som:

Bota a burrinha pra dentro,
pro sereno não molhar,
o selim é de veludo,
a colcha de tafetá.

Entre as colunas, em meio às sombras do *hall,* os três homens dançavam. Um negro, um moreno, um branco. Apenas o do centro conhecia a letra, o baticum das palmas, o meneio exato. Mas os outros apanhavam o estribilho e o repetiam, procurando seguir o amigo:

Xô-xô, bichinho,
xô-xô, ladrão...

Sem mudar o compasso, Severino fazia adaptações, tornando sempre ao refrão sacudido. E os braços tocavam um ganzá invisível.

A dona da casa
é boa de dar
garrafa de vinho,
doce de araçá.

O negro Orlando mexia-se como num samba, o velho Antero rengueava, os cabelos e os gestos desordenados. As pernas mais soltas, os pés mais livres, Severino puxava:

... bolacha e café,
que saco vazio
não se põe em pé.

Os outros respondiam:

Xô-xô, bichinho,
xô-xô...

Os volteios se fizeram mais rápidos, os homens raspavam as colunas. O velho, o negro, e Severino com a imagem de Rosália, confusa mistura de fitas vermelhas e flores de algodão. O terno saía, era quando os pastores ficavam mais alegres, o licor adoçando a flauta. E o novo batuque surgia:

Cambrainha, é vem, é vem,
cambrainha é vem da banda de lá,
é vem da banda de cá.

Os três cantavam forte, dançavam ligeiros. As vozes abafavam os ruídos que vinham da rua, amortecidos pelo tapume. Nos ladrilhos do pátio, em meio às tábuas e aos montes de cimento, o coro ressoava:

... é vem, é vem...

Seu Antero não via os pilotis que rodavam, perdidos na sombra. O negro Orlando tinha a sensação de se encontrar no terreiro distante. Severino arrastava-se leve, a caminho de uns braços.

... é vem da banda de cá.

E quando se esperava ainda a quadra seguinte, houve um corte brusco e tudo parou. Severino tinha as mãos caídas, a visão de Rosália se esfumara. Um silêncio pesado zumbia nos ouvidos do negro Orlando, latejava nas têmporas de seu Antero. Momento que pareceu longo, marcado pelo respirar em descontrole.

Ficaram assim, bambos, soltos, depois sentaram-se, encabulados.

Aos poucos foram encontrando os objetos em volta, os limites do pátio, o começo da escada. Um latido veio do oitão, esganiçou-se batendo no mármore das paredes. O cachimbo do velho Antero acendeu-se. Então o negro Orlando apanhou um cavaco de madeira, pôs-se a quebrá-lo, e começou a dizer:

— O meu menino também é muito animado. Está hoje com dez anos, esperto chegou ali. O diabinho também gosta do pagode...

Um sorriso mostrava os dentes brancos. Seu Antero e Severino prestavam atenção. O carpinteiro olhou os amigos e continuou:

— Pois é... um garoto esperto. Nunca me deu o que pensar. Começou desde cedo, anda acabando o primário, e não para de trabalhar. Engraxa sapatos, faz mandado para as madamas, pega carreto na feira. E todo mundo gosta dele. É presente, é agrado, uma porção de coisa. A mulher de um capitão já prometeu arrumar uma vaga pra ele entrar no colégio.

Parou, um tanto alarmado. Talvez aquilo estivesse aborrecendo os dois.

— Ora, seu Orlando!

Fez um gesto ao português e confessou:

— Até que às vezes eu vou ver o menino trabalhar. Chego na feira, me encosto num canto, e fico espiando. O pessoal chama ele, e é daqui pra lá, de lá pra cá, feito um azougue. Ninguém me repara, eu não digo que sou o pai. Mas que dá gosto, isso é verdade.

Os dois balançaram a cabeça, o velho Antero afirmou:

— É uma felicidade, seu Orlando, uma bruta felicidade.

O carpinteiro sorria, e foi sorrindo que fez o convite:

— Vamos jantar lá em casa. É o aniversário dele!

— Iria, meu amigo, iria. Mas como deixar o prédio?

O negro Orlando interrompeu-se, desconcertado. Era sempre aquilo. Quis dizer alguma coisa ao velho, procurou as palavras, mas pôde somente lançar, como a desculpar-se:

— Tinha esquecido, seu Antero.

E logo depois:

— Mas você, cabra da peste?

Severino agradeceu, atrapalhou-se nas escusas.

— Vamos, rapaz!

— Mas assim, sem levar um presentinho pro menino?

O negro pegou-lhe o braço:

— Está doido, homem? Não tem nada. Você pensa que é festa? Pois sim... É negócio de pobre.

Foram saindo. O velho abriu a porta, arrastou o banquinho. Movimentava-se a resmungar, lamentando-se na inflexão carregada, um jeito bonachão abrandando a queixa. Sentou-se.

— Boa noite, seu Antero. Que pena...

— Não faz mal. É como se lá estivesse.

O rosto magro estava calmo e bom.

— Fico a ver os casais, os namorados a passear, os automóveis.

Despediram-se. Na calçada larga os passos rangeram ainda, foram se afastando, apagaram-se. Por cima das árvores, detrás das janelas altas, o morro chamava.

Brava gente

É uma frase que ela repete a cada instante, não de revelar-se ou explicação, mas como se fosse lei natural, impositiva, espécie de fatalidade a suportar:

— Eu sou assim.

Nós ouvimos, depois sorrimos, enfim nem mais disfarçamos o nosso alheamento. Sim, já sabemos que você é assim. E resolvemos a pessoa em três palavras.

Deve estar conosco há uns cinco anos, não sei dizer ao certo. Vem dois dias por semana, para lavar e passar, às vezes substitui a outra limpeza pesada. Basta um telefonema, que ela arranja folga e aparece. Chega sorrindo, expansiva, de bolsa e casaquinho, grisalha, escura e corpulenta, despachada como se nada lhe pesasse. No entanto, conforme ouvi, deu duro a vida toda: vendeu enxoval de porta em porta, cozinhou por atacado o prato-feito das refeições industriais, entrou de faxineira no serviço público e se aposentou. Para só então iniciar o trabalho avulso pelas casas, essa consumição, fora o sacrifício do ônibus. Mora em São Miguel Paulista.

Foi o que primeiro eu soube. Minha mulher, penalizada, soltou o nome do subúrbio e fez as contas: bem umas três horas de condução. Eu, surpreso, me escandalizei. E solidário simpatizei com ela, coitada. Ou terá sido por causa de São Miguel Paulista?

Conheço o lugar faz tempo, desde que ao chegar aqui visitei um primo padre, velho e padre raso, que ignorando as novas tendências sociais da Igreja continuava na linha da fé, da pobreza, e lá morreu entre irmãos esquecidos, entretanto houve uma copa do mundo em que bebemos e torcemos como loucos, e ganhamos, e os foguetes sobre o descampado eram estranhamente solitários em nossa patriótica alegria. Conheço o lugar e as suas redondezas, pois andei nas periferias dos clientes, das empresas plantadas próximas, desfiei dias em reuniões, produtos e pátios de fábricas, antes precisei aprender o sentido das marginais, a não passar as entradas, para terminar sempre me engarrafando no trânsito e ver pela janela do carro, lentamente, as humildes ruas arqueadas e de espaços vazios, como dentaduras falhadas. Conheço o lugar por dentro, já que me aventuro eventual em projetos que não acredito mas concordo, e estou discutindo livro na modesta biblioteca apinhada, mais de três horas respondendo perguntas, quando fixo um homem grosso e curiosamente inquieto, com dúvidas tão familiares, que afinal se denuncia o carcereiro local, justo naquele período de cadeias cheias. Gente me espanta e maravilha. Confesso o meu fraco, isso de agarrar experiência, travessia vivida, e transferir localizando, numa geografia onde cabem sacerdotes, executivos e policiais. É maluquice, eu sei. Mas são Miguel, para mim, antes de Paulista foi dos Campos, um vilarejo prévio e longínquo, de antepassados. Logo, sou sensível.

Ela mora em casa própria, com telefone, eletrodomésticos, vê televisão e leva as nossas revistas lidas, que recebemos de cortesia. Não deve ter sido fácil conseguir o financiamento do imóvel, por modesto que seja, mas engajou o marido, que vagamente trabalhava, e duplicada se habilitou. E bateu pronto, cumprindo o ronceiro vaivém do processo. O marido, tendo de quê, em tese vendeu enxoval ou cozinhou, a complementá-la ajudou, cumpriu. Nem tudo está perdido. Os dois conhecem pessoas, meios e modos, descobriram a vocação de despachante. Só que ela eu vejo e de longe acompanho, dá para perceber. Ele, não. Ela é mineira, tem mais de sessenta, uns sessenta e cinco. E grande, e forte, e lavadeira. E se chama Iracema.

Isso de nomes eu reparo. Se vier Iracema, gosto. Se vier Zuleica, Arlete ou Sueli, gosto menos. Podia ser melhor, está certo. Mas indianismos à parte, Iracema serve. Isto posto, comecei a observá-la, atentando no seu jeito. Certa vez ela cruzou a sala com uma pilha de roupa, cumprimentando desenvolta, a voz vibrante, era visível o prazer que sentia em se ouvir, pronunciando as palavras tão corretamente. Outra ocasião, entrando e saindo atarefada, me deu bom-dia três vezes, na sala, no quarto e no escritório, invariável de tom, como se não me estivesse achando um estorvo, homem solto pela casa não presta mesmo. Tal compostura, imagino, é o que está na raiz do seu sucesso.

Ou não será um êxito o que alcançou? Na verdade ela pende para o cerimonioso, o formal, me chama doutor, se refere a mim como patrão, vai ao cúmulo de dizer doutor-patrão. Evidente que eu sorrio, entre divertido e constrangido, eu o mesmo que a atrapalho na tarefa diária, ela só com uma leve ideia do que faço, no entanto respeito é bom e eu gosto. Que dirá o pequeno funcionário, atrás de um guichê, vendo chegar a mulher bem-posta, falando bem, e a bem do requerido se esmerando? Humilde, mas com dignidade. Valorizando os passos de alcançar. O senhor, por fa vor, me auxilie. E negra. Porém de alma branca, alvejada. Não é assim que repetem? Ela reverente conhecendo o seu lugar. Se não fosse o caso, ou não o adivinhasse, nem mencionaria. Entretanto é, e por superior Iracema muda o fato em vantagem, explora, tira partido, toda ela um prático avesso. Quando percebi, quase me desgostei. Para depois voltar ao meu normal. Há muito que acho o exercício de viver um improviso constante na variação, uma faina desgarrada, despassarada, talvez o seu lado mais bonito seja precisamente esse inesperado xadrez. E logo eu vou recusar as jogadas alheias?

Iracema é política. Não de falar, de proselitismos, só de cabo eleitoral modestamente. Apesar de circunspecta, adora camisetas. Acontece que na primeira campanha, foi para deputado, me apareceu com a de um candidato horrível. Na segunda, era de governador, veio vestida do pior. E na terceira, para prefeito, surgiu invariável de velho conservador. Ela é sempre isso, quanto a pessoas e siglas. Reacionária, populista, um atraso. Com o devido respeito, devo reconhecer que fatura. Em dinheiro miúdo e facilidades, colocações pequenas, espécie de retalho eleitoral. Mas feitas as contas, mostra enorme lucidez quanto aos resultados. De três campanhas ganhou duas, a que perdeu nem tanto, ou até melhor, no saldo positivo.

Confesso que essa foi a parte mais difícil. Você estar em casa e ver entrar uma peste de mulher, fantasiada de oposição, não dá para acreditar. Que dirá conviver. Oposição a mim, no meu quintal! Você reage ao clima autoritário, já nem pensa nele, apenas reage, e de repente se sente aderindo: eu pago, então mando. Mande embora. Você felizmente sabe das marés, da vida contra, em refluxo, e no fundo respeita porque é o seu curso, a sobrevivência apesar. Foi isso o que me salvou.

Aguentei um, de cabelo e bigodes pintados, a dizer bobagem pela televisão mas com fila na clínica, assistencialismo rende um balaio de votos; e outro, igualmente primário, e desonesto, e melífluo, tinha cara de coruja lésbica e todos os vícios de linguagem possíveis; e afinal o terceiro, entre pausado e desfrutável, falando ao revés, enviesado e antigo e aloucado e arrogante. Suportei os tipos e os slogans, dentro de casa. Democracia não é isso, admitir as vozes contrárias? Pois fui democrata, decerto que obscuro, pois Iracema combatia à sombra. Com aquilo de que dispunha.

Qual o traço de união, juntando os pedaços de gente assim dispersa, tão desconjuntada? Qual a base, o lastro ou referência, até a conclusão de entender, situar, isto é aquilo? Quais os fios de ligar, nascente e desaguadouro, um navegando e outro flutuando? Ela e eu. Aí me veio a sensação de que ela andava e eu estava à deriva, um cursava e outro sobrenadava, que viver não é somente existir. Foi ruim, um troço aflitivo. Desencontros, encruzilhadas, interrogações. E quis saber mais, eu que de verdade sei tão pouco dela. Será que perde o sono, e o que faz além de simples viração, o que realmente a interessa e preocupa? E ansiada por quê? Mundo, vasto mundo, como se chama o feitio de cada pessoa? E o dela, daria em solução?

— Não veio porque o filho adoeceu.

Um filho pequeno não seria o caso, então ela pajeia barbado? Pelo jeito, sim, toma a frente de tudo. Eles estudam, trabalham, andam na rédea curta. Iracema não brinca em serviço.

— Filho meu não vira delinquente. Só se for por cima do meu cadáver.

E faz um discurso terrível, com todos os chavões de velharias, de passados, e no entanto aquilo embute perigos reais, ou latentes, soa como regra efetiva a seguir e resultar, olhe eu aqui.

— Quero falar com minha sobrinha, é, sou tia dela.

Aquela que fazia limpeza aqui? Sim, a bonitinha. Sumiu não, foi trabalhar numa Secretaria de faxineira, sei que não ganha muito, mas com carteira assinada e três gatinhos, agora acho que está bem. Melhorou e merece, coitada, vai para o quarto filho. E os maridos não param.

Foi Iracema quem arranjou, nem precisa perguntar. Como as escolas, os empregos dos filhos, sem dúvida eles deram menos mão de obra que o financiamento da casa, dos móveis e aparelhos, como se compra a prazo sem renda a declarar? Ou com renda pouca? O sistema é bancário, de juros altos, cumulativos, você paga dez anos e renasce devendo mais ainda, por isso os comerciais de bancos e cadernetas de poupança cantam e dançam na televisão, felizes da vida. Apesar do que Iracema não submerge, boia, e desconfio que melhora. Contra o sistema?

— Não. Infelizmente eu não posso. Telefono para o senhor depois. Boa tarde.

Quem era? O juiz de menores. Querendo o quê? Outra adoção. Que história de adoção é essa, que é que Iracema tem a ver? Os filhos dela são todos adotados, ela não pode ter, pegou meninos órfãos. O que é que você está me dizendo! Isso mesmo, e como deu certo o juiz insiste, não larga o pé dela.

— Não. Na minha idade não, por falta de tempo.

E sinto que ela se anuvia, um instante, brevemente, para logo a seguir repetir que não pode, recomposta declarando:

— Eu sou assim.

Assim Iracema veio, imagino que pensasse, ao meu encontro. Veio de manhã, enquanto nós tomávamos café, e passou dizendo bom-dia na sua voz vibrante. Eu sorri, minha mulher também.

— Você viu a camiseta dela?

— Que é que você acha? Eu me diverti foi com isso.

Com a camiseta, afinal, do partido em que tenho votado. Avanço dela, regresso meu? O fato é que eu já não estava mais no mesmo trilho, por afrontado em marchas e contramarchas, ignorâncias e incompetências e inconstâncias. Os homens caem, não são anjos mas caem, este o nosso inferno. Ou o meu lado. O dela, extremamente lúcido, apontava: um governador e outro, os dois em sequência. Eu jogo pôquer, e sei. Ouros ou paus, ganho ou perco, mas entendo. Nisso de partidos, tudo contradanças. E eu nem quero mais dançar.

Iracema é urbana. Veio do interior, como todos nós, mas se fez aqui. De repente numa cidade que pode ser das maiores do mundo, com todos os dramas e as tragédias que ficam só para nós, sem as belezas e os vagares coletivos de um mundo perdido. As pessoas resistem, não sei se mutantes ou adaptadas, terminam por adquirir esse exterior apressado, trepidante, que se confunde ao ritmo citadino. Urgente ou sequioso? Mecânico ou interesseiro? São Paulo não pode parar, repetimos, porque já nos fizemos frenéticos. Até os padres, os executivos, os policiais, todos os que receberam das suas profissões um molde prévio, e nele forçaram os seus pés apalhetados de camponeses para se tornar achinesadas miniaturas. As sofridas reduções, mais ou menos dolorosas. O padre morre de assalto, apesar de tão pobre; o executivo briga com o irmão, a ferro e fogo, pelo domínio da empresa; o policial lê nos intervalos da sangria, e se desgraça na dúvida. Que dizer de Iracema?

Ela teve uma recaída, um retorno às origens. Uma volta aos verdes campos, ou àquilo que deles recordava, àquela beleza no confronto com o subúrbio encardido. Ou uma repentina certeza, intuída mas progressiva, galopante, de que a tendência era única, irreversível. E atuada apostou no interior, no caipirato. E iluminada se mudou para terrenos e sotaques pausados, forçando a frase descansada contra o espasmódico, de luminoso e videoclipe e trio elétrico. E virando a mão e compreendendo, aderiu e venceu.

Eu, naturalmente, perdi. Recusei de pronto o veio rural, não por inaceitável, mas porque indigente no confronto (havia alternativa obviamente melhor), e fui noutro sentido, mesmo que não convencido. Aquilo do menos mal, menos indecoroso, menos tudo. Guiado apenas por um sinal: o do retrocesso. Isso de voltar, retroagir, é o mesmo que me desdizer. E eu respeito inclusive as minhas opiniões. Quando bato na máquina de escrever a tecla ao lado, sei que errei. É uma sensação desagradável.

— O senhor não vota nele?

— Não, Iracema. Mas tudo bem.

— Eu...

Claro que ela não imaginava isso, que esperava o contrário. Eu, de pena, minimizei o desencontro. Não tínhamos nos acertado nele, mas havia outros a coincidir. Quem sabe? Já sabendo que somente os senadores, porque os deputados, federal e estadual, seriam de siglas diversas, aliás nunca votei em tantas. Uma sopa de letras. Ou primeiro as pessoas, depois os partidos.

Assim individualista e meio frustrado, quase ressentido, uma vez que apenas ganhei ao votar com ela, e de resto não fiz por conta própria um só candidato, é natural que me tenha afastado de Iracema. Cheguei a lastimar, a malhar, suas pequenas vantagens e achegas, advindas da última campanha. Então a gente passa vinte anos aguentando o pior, a coisa vai clareando, mudando, e quando parece que mudou continua a mesma coisa? Ou não de todo, mas no fundamental? Pra que tanto sacrifício? Não li jornal, enfastiado, uns dois, três meses.

A partir daí, aos poucos fui-me reconciliando com Iracema. Pelo meu lado, venci algumas etapas: achar-

-me ingênuo, tender para o radical, enfim baixar a bola e ficar naquele ceticismo, com direito a gozação, tão meu conhecido. Perto dela, eu a vi também se acostumando: esperta, intuitiva, ou determinada e firme e clarividente. Um tanto na linha do horóscopo. E concluí que o país não mudar, quando devia, era uma pena. E que Iracema seguir a de sempre era ótimo.

A vida foi em frente, como sempre, um jogo onde se marcam tentos, no caso pendendo para o empate. Eu normalmente me recompus. Iracema, creio que nem precisou. Um escrevendo, braçalmente, outra braçalmente lavando e passando. Qual a diferença, se é tudo passar a limpo?

Uma noite eu estava olhando televisão, quer dizer à toa, quando vi um comercial do governo, convocatório e militar, e de repente senti a música vagamente. Brava gente, brasileira, mocidade varonil. E acordando, vindo de longe, me perguntei o que era aquilo. Que gente, que mocidade? E parei no momento.

E me acudiu Iracema. Nem moça, nem varão. Madurona e cansada e mulher. Essa nossa corrente pra trás. E contra as pesquisas todas, existindo. Atuante, bolindo, viva. E perseguindo fantasmas (delas, meus), para se aprumar. E se reajustando, dia a dia, até esse descampado, cavalhada ou liça, onde o melhor sobrevive. Ou a melhor.

Brava gente.

Iracema aprendeu com o subúrbio, a sujeição, com o expediente, a esperteza, com o cansaço, a dependência, e no entanto sem ilusões perdidas, ao invés confiante. Programando, projetando, prevendo. O quê? Dias melhores, imagino. Ou simplesmente a luta, renhida, pois viver é lutar. Estará certa, ou não? Prefiro que esteja. E armada verdemente de esperanças, mande ver, como se folhinha fosse contagem, adiamento, para amanhã e depois. Assim palmo a palmo.

Hoje, entusiasmos à parte, pois faz tempo que não me perco em admirações, eu admito e aceito, chego a gostar. Dela, passando pela casa. É uma presença forte, familiar, incorporada como tudo o que de bom me ancora. E quando ouço: eu sou assim, apenas ecoo, menos resposta e mais refrão, de prece, numa involuntária ladainha: assim seja.

A busca do silêncio

A empresa ocupava os últimos andares de um prédio central, eram seis, e logo depois dos elevadores se dividia em pequenas salas, iluminadas por luzes frias, abrindo para extensos corredores atapetados. Centenas de compartimentos, iguais, longas fileiras de portas. Os tons uniformes queriam dizer falta de qualquer distinção, mas resultavam num clima antigo e mortiço. Não disfarçavam a hierarquia rígida que todos sabiam.

Entrava-se nela pelo andar inferior, ainda que bastante alto. Daí as exigências de testes, psíquicos, motores, profissionais, as formalidades e demoras, até o final funcionário. Vindo como um título, uma satisfação de orgulho, mesmo que marco inicial. Porque a via começada não se fazia curta, levava anos, ascendente mas vagarosa ia dando e tirando, a cada qual conforme o seu feitio, um lance de escadas podia significar miopia ou vista cansada, a calvície ou o grisalho, e lentidão precoce, e mal distribuída gordura, e secos ombros curvados.

Para a maioria, sempre isso. Em alguns casos, nem tanto. Felizmente, à medida que subiam, e o ascensorista nunca precisou perguntar o andar a ninguém, eles apesar de modificados se equalizavam, de certo modo existia a marca do nível. O mais baixo, aquele do início, era compassadamente ruidoso: de manhã cantavam-se hinos, com letras que animavam a produção, e depois de um intervalo por todo o expediente, fim de tarde, havia batidas de gongo, palmas, aclamações para os mais destacados. O plano imediato, ainda que não calmo, tinha um rumor constante e menos forte, como se algum bicho se arrastasse na mecanografia e no computador. Em sequência, toda uma gradação de tarefas, e atividades, e funções, que resultavam no vozerio, na conversa, nas frases discretas, até o afastamento do ruído. Ou a progressiva conquista do silêncio, a diretoria último andar. Aí, as largas janelas envidraçadas, com vista sobre os terraços dos edifícios vizinhos, protegiam os pausados senhores, seus ouvidos quietos e ausentes, andava-se num deslizar sereno, e tudo se acalmava na sensação de aquário, redoma, aquela transparente barreira a separá-los da agitação e do som.

Então a carreira seria a busca do silêncio? Evidente que sim, todos sentiam isso, e aprendiam a desejá-lo, a querer uma tranquilidade misto de prêmio, de promoção, quando alguém se elevava à esfera superior entendia melhor: aquele vácuo em redor era uma garantia. De não se perturbar, de atender com menor esforço as imposições do trabalho, maiores, mais complexas, e no entanto fluindo suavemente. Por causa do silêncio, que lhes chegava em cotas bem dosadas. Ninguém pretendia uma nova sala, mesa ou cadeiras novas, janelas ensolaradas e amplas, essas miudezas que atravancam os caminhos em toda organização. De resto, seriam inconcebíveis. Padronização perfeita. Assim a disputa se fazia vertical, lutava-se na direção correta, para cima, para o alto, e não se perdia tempo com banalidades. Palmo a palmo, o silêncio era absorvido. No entanto os mais tarimbados conheciam além dele um outro bem a receber.

À medida que subiam, e lhes era dado um grau de esquecimento no bulício geral, e pouco a pouco ele se fazia exterior, distanciado, uma coisa pertencente aos círculos abaixo, os homens se irmanavam em aparência, já sabiam, aproximados em idades, gostos e maneiras, mas o principal é que se viam amadurecer na experiência, no seu reconhecimento, e daí a segurança do andar com lentidão, do gesto repousado, pois tinham consciência de que podiam resolver num instante, sem apreensões nem palavras, aquilo que os mais jovens levariam tempo e voz para as meias soluções. O silêncio, entendia-se, era apenas uma decorrência. Ou um símbolo, apesar de exercido. Porque o fundamental, e isso eles ouviam na pele, nos ossos, era a falta do confronto, dessa dúvida que violenta, da comparação entre estágios diferentes na mesma natureza. Em cada andar, a uniforme cena humana. Os mais moços abaixo, os mais velhos acima, a cada um conforme a sua ciente vivência. Um aprendizado que se cumpria, em troca dos dias que não voltam e iguais virão para acabar na mesma noite. A vida será um rosário de mistérios repetidos? Eles não se respondiam, porque apaziguados e confiantes iam ganhando o seu silêncio.

Uma boa empresa, sem dúvida. Sólida, próspera, o futuro nas mãos. Que todos se achavam na obrigação de empunhar. Afinal de contas, vinham vindo há mais de meio século, eram líderes de mercado e tinham um esquema, uma estrutura, tudo para continuar vitoriosos. O país, novo e promissor, não repetia mais as visões do amanhã, crescia em realidade hoje, como não acreditar nele? Somos todos homens de um mundo só, esta aldeia global. Um mundo com problemas, mas avançando. Um país que se esquecera das suas desculpas e voltava a falar de grandeza.

— Nascemos num enorme celeiro. É só cuidar da lavoura, financiar a agricultura, e podemos abastecer o mundo.

— Temos a sorte de viver em paz. Nada de guerras, nada de violências. Graças a Deus o governo é de pulso forte.

— Somos abençoados. Rios, florestas, minerais. E o nosso litoral, imenso. Nem ao menos temos vulcões.

Infelizmente, e de repente, o país quase parou. Matérias-primas, petróleo. O produto nacional bruto. A inflação, a dívida externa, afinal a estatística. Um governo que saía, outro que entrava. Sem otimismos. Com trabalho, poupança, responsabilidade, as coisas iriam melhorar. O salário mínimo, o austero indispensável. E esforço, economia, espere a esperança. Era exatamente o contrário da euforia anterior.

Na empresa, as repercussões da situação nacional foram sérias, quase baralharam os andares. O vocabulário mudou, como os temas de conversa, e falou-se de conjuntura, macroeconomia, no picotar da costa a furar poços, prospecções diversas, salário-base, salário-teto, esses assuntos que nada tinham a ver com a tradicional família e seus hinos produtivos. Houve um certo aumento de ruído, perturbando os níveis de silêncio paulatinamente alcançados. Mas a companhia, bem equipada em planos a médio e longo prazos, logo se acomodou à emergência. E apertou os seus imperceptíveis botões.

O subgerente da Divisão AD-l, com sala no penúltimo andar, quarenta e cinco anos, planos de aposentadoria aos cinquenta e poucos, iria viajar e dedicar-se a uma secreta coleção de folhetos (cantadores populares nordestinos), foi chamado pelo seu gerente, que reportava ao diretor-geral. Subiu os degraus em passo quase regular, pois uma leve inquietação minava-lhe as defesas veteranas. Bateu à porta, entrou, sentou-se de frente para aquele panorama elevado. O seu chefe não sorriu, como de hábito, mas se pôs a falar no mesmo tom baixo, aplainado, que impunha atenção e lucidez. Foi um curto preâmbulo, muito preciso. E logo veio o motivo da reunião:

— Você tem dois assistentes. Precisamos despedir um deles, o mais dispensável. Quem é?

— Não sei, assim de pronto. Os dois estão na mesma situação. Me dê um pouco de tempo, vou pensar.

— Qual o mais antigo? Você sabe, a indenização.

— Sei. Mas isso não importa muito. Começaram quase na mesma época, têm mais ou menos a mesma idade. E a folha de serviços é também igual.

O gerente bateu com os dedos sobre a mesa, apenas um rufar sem som, e disse:

— É horrível, nós sabemos. A minha posição, a sua, é uma coisa dolorosa. No entanto... É, não há outra saída. Você conhece as razões, não podemos ceder a amizades, sentimentalismos. Devemos fazer.

Mais uma vez, meio desamparado, o outro concordou:

— Sei.

— Então pense. Veja os prós, os contras. E me dê uma resposta amanhã.

O subgerente saiu da sala, desceu as escadas. Pela primeira vez, sentiu como se através de alguma porta aberta, repentino, um surdo rumor o envolvesse, misturando-lhe as ideias, os sentidos, ele sozinho e atarantado em meio ao tráfego, automóveis, gente, desencadeada tempestade. Ficou longo tempo sentado, olhando a mesa limpa e pensando. À noite, em casa, quase não comeu, nem falou, dormiu bem pouco. Pensando, pesando, pondo nos pratos de uma balança os dois homens que há quinze anos conhecia, suas qualidades e limitações medindo, contando. Vagaroso, apesar da ânsia em concluir. Sem na verdade querer chegar a um resultado.

Um era forte, franco, expansivo, a custo controlava o seu corte mais para o rude, vencia com dificuldade as lacunas da formação atabalhoada e prática, já adulto estudava, se ordenava, cuidava-se de maneiras, de roupas, certamente despendia muito esforço no seu caminho para cima. O outro era frágil, fino, reservado, sem sentir mostrava-se atencioso, atual, apenas e à vontade acrescentando ao lastro visível um livro recente, uma gravata lisa, os adornos sutis e quase dispensáveis à carreira tranquila. Direito e avesso, peso mal distribuído e discreta leveza, Pedro e Paulo. Além dos nomes, como seriam? Nos seus momentos mais pessoais, em dúvidas de inseguro desapoio, fora dos corredores que lhes amorteciam o mesmo começo de calva. Um alourado, o outro moreno. Mas casados, cansados e calculistas, humanamente atentos. Então o homem faz de si mesmo um investimento, com os seus prazos. E cancela-se o seu contrato? Assim, em meio, sendo cumprido. Assine aqui, nada feito. Acabou. Um deles iria desaparecer na cidade, sumido apagar-se.

— Qual dos dois?

O subgerente abanou a cabeça, devagar, e disse:

— Não sei. Honestamente, não sei. Pensei muito, examinei a contribuição de cada um, o que eles ainda poderão fazer. Não tenho escolha. Com segurança, certeza, não posso escolher.

Tinha chegado resolvido a fugir, ganhar tempo, quem sabe a demissão iria diluir-se, adiada ou esquecida, outros problemas passando a plano imediato? O gerente levantou-se, acenando calado, esteve por um instante em frente à janela. Voltou, sentou-se como se um grande cansaço o abatesse:

— Eu sabia. É difícil baixar o polegar, muito difícil. Principalmente para você.

Havia uma velada sugestão de fraqueza.

— Não é só difícil, nem mais para mim. Para qualquer um, seria uma decisão às cegas, espécie de loteria. Isso não posso, não acho que devo.

Agora uma certa animosidade, a instrução que superior se contestava.

— Espere, não veja assim. Precisamos escolher o que vai, o que fica, temos de fazer. Calma, vamos conversar.

Tomaram café, acenderam cigarros, fizeram perguntas e deram respostas se alternando. Até que o gerente quis saber:

— Qual dos dois ficaria melhor no penúltimo andar?

— Como? — controlado e aparentemente frio se espantou o subgerente.

— Estou invertendo a questão. Qual deles indicaria, amanhã ou depois, quando você viesse cá para cima? Quem deveria ficar no seu cargo?

— Sim, entendo.

E bateu o cigarro no cinzeiro.

— O Paulo, não é mesmo?

— Creio que sim. Mas...

O gerente sorriu:

— Seu mas chegou um pouco tarde. Você sabe, tão bem quanto eu, que será ele. Por que não concorda?

— Por que isso é agora, daqui a uns anos poderá ser diferente. Os homens mudam.

— No nosso negócio? — estranhou o gerente. — Todo esse tempo de treinamento, de prática... Não há surpresas. Além do mais, estamos falando de uma decisão para hoje.

O subgerente não disse nada. A voz do gerente era impessoal, mas seu gesto encerrava o assunto:

— Vamos despedir o Pedro.

Tudo se fez muito rápido. A partir do momento em que o subgerente desceu o lance de escadas, com a sensação terrível de haver contribuído para a decisão, houve um acelerar do mundo, do tempo, as rotações desembestadas encurtaram as horas, os dias, os meses. Pedro se despedindo, o trabalho se modificando, onde estava a boa e velha rotina? Subterrânea, talvez. Perceptível somente no movimento vertical entre os andares. Porque então, passado um período que ninguém saberia localizar, houve aquele princípio de normalidade. Aparente, é provável. Mas com um jeito de casa posta, ou refeita, a restaurada atmosfera de gradativo silêncio e crescente de estável. Lá fora a cidade, o país, deviam ter retornado ao antigo padrão. Também. O que se afirmava em consequências menores, ondas franjadas na areia.

— Chegou a sua vez de subir.

O subgerente, ainda não refeito de tanto que vira e passara, olhou-o sem fala. O certo era esperar, o correto.

— Houve mudanças na diretoria. Dois velhos companheiros vão-se aposentar, eu assumo a direção comercial. Você ficará à testa da Divisão AD-l. Parabéns, meu amigo.

O subgerente, agora ex, promovido agradeceu. Dignamente, apesar das palavras em outro nível de intimidade. E novamente desceu, para subir uma semana depois, já definitivo. A vista da sua nova janela estava acima do prédio fronteiro.

Então, sem que reparasse no calendário se desfolhando em cima da mesa, apenas entretido com a muda paisagem ao redor, o novo gerente engordou seis quilos, arrancou dentes e trocou de óculos três vezes, perdeu muitas palavras, amizades, lembranças, afastou os sonhos de viagens, abandonou a coleção de folhetos, vestiu-se de escuro, de sozinho, e deixando no barbeiro os últimos fios da cabeça agora raspada, no espelho os vestígios do que tinha sido, até bem pouco, fechou-se por dias e noites no seu aquário, lentamente para lá, para cá, flutuando, quase nadando, entre as experiências a se esfumarem esquecidas, os silêncios avolumados que fofamente envolviam, ele sempre e mais quieto, calado, acabando.

Dias e noites de Sandra

23 *de novembro* — Eu gosto de mim. Nunca desejei ser outra, não me trocaria por ninguém. Fama, dinheiro, vida mansa, nada disso faz o meu gênero. Como todo mundo sonho acordada, e acho lindo, mas sonho na minha. Vou dizendo logo, para não enganar. Podem ler o que ando escrevendo e pensar que não estou satisfeita comigo mesma. Estou, faz tempo. O que me descontenta, às vezes, são os outros. Quando eu era pequena, tontice de menina, as colegas rabiscavam escondido uns versinhos. Me lembro muito bem. Eu gosto da letra... (e punham a inicial do namorado), por ela tenho paixão, com ela posso escrever Fulano do meu coração. Toda vez que me pediam, caprichava assim: eu gosto da letra S, e coisa e tal, Sandra do meu coração. Sempre gostei de mim.

28 de novembro — Depois do jantar, vim para o meu quarto. Deitei, liguei o rádio, fiquei aqui sozinha fumando. Eu fico muito sozinha. Descansando, ouvindo música, sem pensar em nada. É bom, adoro. A voz do

Chico entra por um ouvido e sai pelo outro, as da novela quase não dão para ouvir, lá na sala onde mamãe está, com meu pai sentado perto, lendo jornal e cochilando. Os dois se acostumaram um ao outro, não sabem ficar sozinhos. Eu sei.

30 de novembro — Minhas qualidades: sou mulher, tenho veia de artista e acredito no amor. São qualidades ou vantagens? Sei lá! Desenho um pouco, toco um pouco. Me distraio com o violão. Tirei diploma de inglês, de esteticista e de manequim. Vou começar a fazer ioga, porque desanuvia o espírito. Só isso o que eu sou. Por falta de chance, azar mesmo, continuo secretária executiva.

4 de dezembro —Trabalhar no centro é aquele horror. De condução, de poluição, de lugares para almoçar ou fazer lanche. Uma luta por um simples drinque. E as minhas amigas na Paulista, na Faria Lima ou Brigadeiro. Tirando o calçadão, duas praças e as flores da São Luís, não sobra nada. Os prédios velhos, as ruas feias, um saco. Se não fossem os rapazes, era o fim. Eles dizem coisas que são vitamina. Eu confesso: gosto de paquera. A gente passando e ouvindo, fazendo de conta que não escutou. O rabinho de cavalo é postiço, sei, e o outro? Essas pernas vão longe... Você é maior embaixo do que em cima. Grossura à parte, homem faz bem até quando diz bobagem. O melhor remédio para a mulher. Faz bem à pele, aos olhos, ao fígado, rejuvenesce, acalma, fortalece etc. Homem devia ser vendido na farmácia. As receitas para coração, vista, estômago, podiam sumir. Li uma vez que o amor platônico é imoralidade, uma sujeira. Eu também acho. Ele só existe em quem não é normal.

7 de dezembro — O verão chegou é já passei a deixar o casaquinho em casa. A cidade está agitada, como um formigueiro. Todo mundo acelerado, porque de verdade ainda não faz calor, é mais a euforia. Com o céu azul, as vitrinas, as festas vindo. Vi o primeiro Papai Noel, suando na testa. Comprei cartões, estou pensando em presentes, fazendo contas. Adoro esse tempo. A gente se descobre, para dormir ou andar na rua, os homens gostam. Olham, demonstram e dizem. É a minha estação.

10 de dezembro — Hoje briguei com o Nelson. Tinha ido à sala dele, só entregar uns papéis, e foi a conta: me disse que não podia sair. Fiquei cega de ódio, virei bicho. Não se desmarca assim, de última hora, afinal onde é que estamos? Larguei o que me veio à cabeça. Estou saturada, você é um osso atravessado aqui, na minha garganta. Ele nem aí, a maior calma. E sorrindo. Mal parei, respondeu: — Um osso muito bom, deve ser, você não larga dele. Subi a serra, depois me deu vontade de rir. Já que estava perdida, pelo menos achasse engraçado. Aquela calma tinha preço, era a mesada, podia ser irônico. Quem não poderia? Dei tchau, quase recomposta, e fui rir na minha sala. Berenice deve ter pensado que estou maluca. Não estou não, estou só chateada. Com os telefones ocupados, fim de tarde, é o mesmo que inundação, incêndio, enguiço de tráfego, a cidade parada. Sobrei. Vim para casa, comi, sumi no meu quarto. Li revista, ouvi rádio. O Nelson me paga. Paga nada, bobagem, eu sou moça. E sou mulher. Mulher é bonita, eu sou bonita porque sou mulher. Não sou muito bonita por dentro, mas Juliano disse que não faz mal, porque a beleza de fora compensa a feiura escondida. Quando eu tiver setenta anos, fico feia por fora e bonita por dentro. Mas, nessa altura, onde estará o Nelson? Coitado.

11 de dezembro — O amor é como um foguete. Tem estágios, que são três. Primeiro o olhar — a gente só olha. Depois fala — a gente conversa. Então vem o tato, que é o verdadeiro amor — a gente não passa sem se pegar. Aí muda de fase, entra em órbita. Fica girando. No princípio por cima, em seguida na média, afinal vem baixando. A gente não olha mais, não fala mais, não se pega mais. É que o amor acabou. Principalmente quando não se pega mais: amor sem mãos não é amor.

13 de dezembro — Tudo bem com o Nelson. Eu me odeio quando respondo a um homem, dou a volta por cima. Eu me adoro quando o homem grita, acusa, e não encontro palavras para ofendê-lo também.

19 de dezembro — Vi uma entrevista no *Shopping News*. De um escritor, falando do que ele acha melhor e de quem ele põe acima do resto. Aqui e ali, concordei, mas discordei muito. Me deu vontade de escrever os meus maiores. Pensei no assunto, lembrei de nomes. Chegou a hora da minha seleção, que ninguém vai ler, só eu sei. Em matéria de voz, sou mais Sílvio Caldas e Roberto Carlos, continuo Sinatra e Aznavour. De música, mas com poesia, é Chico Buarque e Vinícius de Moraes. Intérpretes, duas ótimas: Ellis e Bethânia. Ou uma: Joan Baez. Mas basta um homem, o Bob Dylan. Em que time eu ponho o Yves Montand? No cinema, a lista de mulheres é longa, mas posso encurtar, Elizabeth Taylor e Jane Fonda, a nossa Betty Faria, a Sônia Braga. Homem, Charles Bronson; mas pode ser o Marlon Brando, o Robert Redford, o Paul Newman. A mulher é Janis Joplin, amo a sua lembrança. Sou ligada em blue, rock e sambão. No Paulo Gracindo e Francisco Cuoco, na Marília Pera e Araci Balabanian. Mesmo sem gostar de política, eu sei do Kissinger e da Angela Davis, do Marcos Freire e de D. Paulo Evaristo. Ipanema, Ilhabela, conheço Parati e o Méridien com o Régine. Deve ser uma coisa a Côte D'Azur. Esportes, só brasileiros: o Éder, o Rivelino, o Emerson. No humor, Chico

Anísio. Na alta-costura, o Clodovil. A beleza da carioca, o físico da paulista. Filme que eu mais curti: *Blow-Up,* de Antonioni. Uma lasanha à romanesca no Piolim. Um bom livro da Marisa Raja Gabaglia, sou muito de crônica. Ou da Jaqueline Susan, ela é moderna. E para terminar, uma homenagem à nossa inteligência: Ruy Barbosa. Tenho dito.

4 de janeiro — Natal e Ano-Novo passaram, estou de agenda virgem. Tanta pressa e alegria, tantos cartões, presentes, alôs no telefone. Duas festas de escritório. E de repente, dois dias inteiros, uma e outra vez, sem ter nada o que fazer. Não quis sair, viajar, porque estava morta. E um pouquinho na fossa, sem razão nenhuma. Arrumei o armário, as gavetas, me organizei mas não muito. Acho que sou preguiçosa. Eu gosto das coisas devagar, lentamente.

6 de janeiro — Juliano me deu uma carona. Com ele, é a história de sempre. Uma entrada, outra, e se a gente não emplaca ri e nem liga, ou faz que não, começa a brincar. Hoje foi assim. Fez dois convites, os dois diretos, e como eu desconversei ele passou a falar à toa, pouco depois estava dizendo: — Você é muito bonita, de uma beleza imoral. Perguntei: — Como é que é isso? Ele explicou: — O tipo de beleza imoral, ora, você é uma indecência ambulante. Rimos. Gostei, não vou disfarçar. Foi o maior elogio que já recebi.

11 de janeiro — Eu muito relaxada, sentada e lendo revista, quando ouvi barulho no apartamento de baixo. Discussão, briga, choro, acho que saiu pancada. Aí o homem mudou de tom, a mulher se acalmou, ficou tudo em silêncio. E eu imaginando coisas. Antes cheguei a ter medo, depois fui até a janela, interessada. Penso que ouvi um murmúrio, ronronado. Que é que estavam fazendo? Não sei entrar na intimidade dos outros, mexe comigo.

14 de janeiro — Estive arrumando umas fotografias. Nesta aqui, a de cima numa pilha sobre a mesa, eu podia fazer propaganda de sofá-cama. Sentada na beiradinha, e ele não cede. Do seu, Antônio Carlos, eu já não podia dizer o mesmo. Então você não sabe que sofá-cama, em apartamento de rapaz, precisa ser firme nas beiradas? Se não for, metade do amor (digo, do sono) fica prejudicada. Você bem podia mandar pôr um fixo, senão é preferível dormir no chão. Com todo o desconforto, o improviso, o que depois fica doendo. É verdade, Antônio Carlos. E não me diga que não sei, que não sirvo, que outras posam melhor. De fotos, eu entendo. Sirvo sim. Ficaria ótima em revista, em cartaz e na televisão. Só você que não vê.

17 de janeiro — Aproveitei o fim de semana e fui a Santos, com umas amigas. Helena insistiu muito. Praia, restaurante, bar até tarde. Foi ótimo. Tive uma aventura, meu Deus, um rapaz que nunca vi (nem vou ver), engenheiro, de óculos e cabeludo, muito, aconteceu. Valeu a pena, não valeu? Deixa pra lá. O meu poeta diz que é bom enquanto dura, é infinito, foi bom e durou bem. Nas duas vezes.

22 de janeiro — Desde que arrumei as minhas fotografias, uma delas não me saía da cabeça. Parecia que estava vendo, aquele rosto de dezessete anos, e isso me dava uma sensação esquisita. Ainda há pouco não resisti, procurei o retrato e achei. Era o que imaginava. Aqui em frente eu mocinha, de calça comprida e blusa clara, a franja curta, o rostinho alegre. Mais magra, menos curvas, e com o ar alegrinho. Isso o que lembrava, o que não me largava: essa alegria. Pego uma outra foto, de quase dez anos depois, e ponho ao lado da antiga. Estou melhor, mais cheia, mais mulher, a comparação é boa para mim. Tenho até um jeito sensual, que valoriza. Mas não sou tão risonha como era antes. Fico olhando as duas Sandras, e pensando. Querendo me descobrir, achar a diferença, por que foi? Ali grilada, um tempão. Até que me deu o estalo. No rosto da mocinha está escrito que eu já conhecia o homem, mas não conhecia o amor. No rosto da mulher o amor aparece, com tudo o que ele traz, de bom e de ruim. Por que é que tomei horror ao casamento? Eu sei o que eu quero: se tivesse de casar, eu queria o amante e teria o marido. Que ódio não poder comigo por dentro! Perdi o rostinho alegre, sei. Mas fiquei bonita.

29 de janeiro — Conheci Renato uns três meses atrás. Um estouro, um homem. Logo de cara ele me viu, reparou mesmo, não precisei fazer nada. Só conversei. Disse que tenho mentalidade, tenho de sobra, mas com um corpo de Sandra. Ele se interessou, eu vi, ficou impressionado. Eu fui me espalhando, aos poucos. Falei que me faço passar por burra, como a Marilyn, por que vou navegar contra? Eu com tantas possibilidades! Já no primeiro encontro, fui dando uma de feminista. Se mulher não é boa na cama, é porque é fria; se é boa, é porque é só sexo; ora, eu não ligo ao que pensam de mim, eu sou eu mesma, e me adoro. Ele veio conferir. E está aqui até hoje, pendurado. Tem os seus problemas, é verdade, mulher e família. Mas eu não me importo. Em questões de amor, de sexo, desligo quando eu quero. Por isso, só sofro quando quero.

3 de fevereiro — Ontem ouvi rádio e peguei "Night and Day", naquela velha gravação do Frank Sinatra. Desde então a música não me larga. Eu cantarolo, assobio, ou fico repetindo para mim um pedaço calada. Terá alguma ligação com este diário?

10 de fevereiro — Diabo de Antônio Carlos, bandido. Dei uma prensa nele. Tantas fotos já batidas, até agora nada. E tem para tudo: cigarro, disco, bebida, sabonete. Nenhuma aprovada. Por quê? As outras modelos não são como eu, eu sou melhor (em fotografia, é claro). Então por que não sirvo? Se não me querem, digam logo. Antônio Carlos que faça, afinal de contas ele me deve, se vire. Eu não vou ficar esperando sentada.

18 de fevereiro — A última do Juliano: — Você tem cara de quem não gosta de ninguém, mas eu vou lhe ensinar, está bom? Só mesmo rindo. Ele me ensinar, logo Juliano, sutil como um trator. Essa não!

20 de fevereiro — Um casal, aqui do prédio, me levou ao baile. Que bobagem ter ciúme no carnaval! A gente está suada que escorre, com o calor, as luzes, todo mundo pulando feito índio, põe a mão e ela escorrega, de tão molhada que se fica. Então isso ao menos lembra amor? Ela devia ter ciúme noutra hora, ser companheira do marido. Como mulher casada é chata!

22 de fevereiro — Carnaval pra mim, agora, tinha de ser assim: o meu amor atual, o Renato, dava uma desculpa e saía de casa, eu dava outra e escapulia, e partíamos os dois, bebendo, dançando, pelas boates, pelas ruas, por aí abraçados, de bermudas, fita amarrada no cabelo, sem problemas, sem nada, isso era o que eu queria, de mãos dadas e um braço passado na minha cintura, andando no som desses tambores, batucando, rebolando, cantando, com uns uísques na cabeça, livres, à toa, até cansar e voltar rindo pra casa de madrugada.

2 de março — Três noites seguidas maravilhosas. Das três vezes, tudo perfeito, voltei bem tarde. Eu adoro o Renato. Fico bonita, só para ele. Pena que chego perto, chego junto, e me dá ordinarice. Ai que delícia é a vida! Quando eu tiver oitenta anos, quero estar muito lúcida, para lembrar de mim agora.

3 de março — Meu amor, para mim, é o homem com quem eu gosto de deitar. Renato, eu gosto de você.

6 de março — Às vezes eu acho falta de juízo mulher falar mal de homem e homem de mulher. Às vezes estou quase mudando o meu jeito de ser, penso em assentar a cabeça e pegar a rotina da casa. Às vezes quero me casar, ter um marido para me enganar com as outras, as outras Sandras que existem por aí.

9 de março — Tomei um drinque, ligeiro, com o Juliano. Mas valeu a pena, ele me faz bem. Hoje, mal começamos a beber, estava dizendo: — Você só tem um defeito, se preocupa demais com você mesma. E completou: — O dia que você se esquecer, vai ficar ainda melhor. Nós dois rimos. Agora, me lembrando, fico triste por ele. É simpático, agradável, levanta o moral. Como amigo, bem, não como homem. Tenho uma coisa física me impedindo, não dá. Como homem o Juliano não dá pé.

13 de março — Li sobre uma reforma da Justiça. Se eu pudesse, queria fazer as leis. Mudava tudo. A primeira que escrevia era: homem, se trair, morre. Mulher não: sacode a poeira, bate as mãos, e está limpa. Porque homem fica com a honra manchada. Como é agora conosco.

16 de março — Meu aniversário. Almoço com Nelson, presente de pulseira. Drinque com Renato, um livro lindo, de sonetos. Entre os dois, os colegas de escritório comparecendo, as amigas telefonando. Meu signo diz que me relaciono bem, tenho sensibilidade e apesar disso às vezes sou popular. Apanhei um táxi cheia de pacotes. Cheguei atrasada para jantar. Mamãe tinha preparado peixe, do modo que eu gosto. Papai fez um brinde. Vinte e oito anos, parece mentira mas não é. Completos.

19 de março — Hoje, sábado, me deu vontade de pregar botão numa camisa de Renato. Mexer na roupa dele, arrumar suas cuecas. E eu que sempre disse não faço, não quero saber dessas histórias, não sou empregada de homem nenhum. Me deu raiva, uma revolta. Vá eu me entender.

28 de março — Nelson veio me trazer e ficamos fumando um cigarro no automóvel, parados aqui em frente. Aí eu disse a ele: — O certo era a gente passar metade da vida conhecendo tudo, enquanto estivesse na idade. Todas as boas sensações. Depois, quando envelhecesse, a gente mudava, casava, e levava uma vida sem sal, sem amor. Você não acha? Nelson sorriu, sem responder, continuou fumando e batendo com as unhas no painel do carro, acompanhando o samba do rádio baixinho. Eu já arrependida, ele um bocado mais velho. Que é que eu ia dizer pra consertar? A noite foi ótima, você estava o máximo, gostei muito? Melhor não falar. Mas quando vi, já tinha largado: —Nós, amantes, é que mantemos vivo o sexo no homem casado. Então ele parou de batucar, me encarou sério um segundo e soltou a maior gargalhada. Uma bola, o Nelson.

4 de abril — Ele não me ajuda mesmo. Os dois filmes eu consegui sozinha, sem uma palavra de Antônio Carlos. Mas agora, pelo visto, a coisa engrossou. O pessoal quer é conversar comigo. Prometem, acenam, e cobram antes. Em resumo: não posso trabalhar honestamente. Verdade, digo e provo. Eles querem que eu vá, mas só vou com quem eu quero. Não é puritanismo. É porque só faço aquilo que eu quero, não com quem quer que eu faça. Ouviu, Antônio Carlos?

6 de abril — Defeitos eu não tenho. Sou perfeita da cabeça aos pés. Isso no lado físico, moral à parte. Basta ler esses rabiscos para ver que não sou bom caráter. Digo sem meias-palavras nem constrangimentos. Afinal, conheço a regra do jogo. E pra mim é taco a taco: só vem homem escolado.

8 de abril — Semana Santa e eu em casa pastando. Comendo, dormindo. Quieta, pesada, muito sobre a vacosa. Depois das refeições, me fica na boca um gosto de antigamente.

11 de abril — Eu não queria ser assim, queria ser bem idiota. Como qualquer mulher casada. Que ideia, não sou. Nem penso que vou ser, venho mudando muito pouco. O sofrimento do amor faz parte da vida. Eu amo o amor, mesmo com sofrimento.

14 de abril — Ainda minha reforma judiciária. Toda mulher, pela lei, devia aguentar a barra. Com sofrimento e tudo, mas com fortaleza moral. Eu, projeto de mulher, não suporto nada sozinha. Preciso sempre de um homem para me ajudar.

18 de abril — Homem é engraçado. Vive se queixando: vocês não amam de verdade, vocês só veem o seu interesse, vocês não entendem nada de sentimentos. Aí, então, nós resolvemos amá-lo. Fechamos os olhos e nos entregamos àquele amor que ele tanto quer. E qual é a primeira atitude do homem, quando ele sente que a mulher é dele, completamente? Se desliga, se desinteressa. Esquece. Eu já disse a Renato: — Homem não suporta ser amado.

21 de abril — Eu queria ter um apartamento só para mim. Só para ficar umas horas sozinha, para ver minhas fotografias, para escrever sem olhar a porta. Só para não falar nem ouvir, não ouvir ninguém me dizendo que isto não se faz, que aquilo é indecente, que moça deve ter pudor, que moça precisa casar.

24 de abril — Sou muito de ficar pensando. Como toda mulher, eu vou mudando o que penso e imagino. Umas férias, um fim de semana, uma viagem. E passeio, ou festa, ou programa de improviso. De preferência, acompanhada. Mas nunca é Nelson, Antônio Carlos, Juliano. Nunca mais. Tem vezes que um deles ainda aparece mas fica no fundo, sempre fazendo moldura para Renato. Agora mesmo estou sonhando acordada, o sonho que se tornou mais constante em mim: um apartamento, música, bebida, e o homem que eu amo. E nessa maneira de amar, eu amo tanto quanto qualquer mulher decente, casada. É que não posso amar numa casa, cuidando da cozinha, da roupa, da limpeza, eu de saia e blusa etc. Sou mulher-amante, não mulher-noiva nem mulher-esposa. Homem a todo instante, entrando e saindo, com horário? Essa não! Eu valorizo o amor, meu jeito de ser mulher é assim. E dentro desse jeito, eu me sinto decente. É o que importa.

1º de maio — Na revista, se assinando Corina, alguém responde cartas de umas tolas que escrevem sobre assuntos íntimos. Como se para isso fosse possível consultar os outros. Respeite seu marido como ele é, ame seu noivo com os problemas que ele tem. Acalme-se, não pense, fique boazinha. Quieta, minha filha. Por que, então, você quer que eu passe por uma peneira? Se fosse acusar, dizer tudo o que lhe acho de ruim, ficava só dez por cento de homem. Você precisa aprender que amor não vê defeito. Enquanto não botar isso na sua cabeça, jamais será um bom amante. Não é possível enfiar a gente numa forma, não pode ser. Todo mundo tem temperamento, ideias próprias. Mas daí a transformar sua amante em perfeição moral (onde nós estamos?) vai uma grande diferença. Para isso, vocês têm essas infelizes que são suas esposas.

4 de maio — A pior coisa do mundo é o dinheiro. A segunda pior, o valor que o dinheiro tem. A terceira, o dinheiro honesto estar sempre nas mãos dos homens. Falamos bonito, que o dinheiro não é tudo, que não está acima de tudo, que não traz felicidade. Não passa de palavras, coisa que a gente diz, quando a vida corre mansa. É amargurada que reconheço: o dinheiro é a vida. O dinheiro nos mantém vivos. A comida custa dinheiro, a casa custa dinheiro, a roupa custa dinheiro. O médico nos custa dinheiro.

10 de maio — Fui ao Dr. Monteiro. Fiz o exame, positivo. Renato não sabe.

15 de maio — Estou triste. Não, isso é pouco: estou o fim, na pior, estou um lixo. A mulher tem de ficar perto do homem dela. Para o bem e para o mal, quando tudo corre tranquilo ou não. Me dói. Me dá medo. Me desespera. Eu queria estar colada ao meu amor, eu abraçada nele. Chorando sem ele ver.

17 de maio — Mandei um bilhete a Renato. Assim: "Detesto ficar só. Eu, sem meu amor, não sou nada. Mulher sem homem não é nada, é uma coisa. Agora eu me sinto uma coisa, não me sinto gente. Um beijão da Sandra".

23 de maio — Nelson está preocupado comigo. Falou em férias, falou à toa um bocado, só por falar. Eu sei que ele é bom, eu não sou, me dá um troço na garganta. Fico pequenininha. Quando oferece dinheiro, sempre chega a hora, diminuo ainda mais. Hoje reagi maluca, não e não, que insistência! Depois chorei. Ele sorrindo, calmo, ora deixe disso. Saia, desligue. Vou sair e desligar, férias de outono, volto nova. Dinheiro não é problema. Obrigada, Nelson, eu preciso mesmo. Obrigada.

31 de maio — Os dias estão passando muito devagar. As noites, essas, nem se fala. Tudo em câmara lenta. Dias e noites, noites e dias, a mesma coisa, uma coisa só e horrível de se vencer, terminar, porque não se acaba, e só pausa, e recomeça, para onde, meu Deus? Não tem nada a ver com a música do Frank Sinatra. Noites e dias, você é o único. Ninguém é o único. Dias e noites de ninguém. Dias e noites. Só. Só meus. Dias e noites de Sandra. Nem me dá mais vontade de chorar. Eu já estou chorando, sempre, sem sentir. Faz tempo.

6 de junho — Eu quero o meu amor perto de mim. Para eu não escrever nada, não falar nada, e não dar cabeçada na vida.

18 de junho — Parece mentira, mas Antônio Carlos me chamou para uma fotografia. Anúncio de creme dental, tenho bons dentes, pagam bem. Posei a tarde inteira, dando parte de doente no escritório. Do jeito que eu andava, todo mundo aceitou, acho que até aliviado. Foi um suplício. A foto era um quadro, bem retrato de família. Eu a mulher, o marido bonito e nervoso, a menina de onze anos e o menininho. Tinha uns cinco anos, uma graça. Um demônio. Alegre, vivo, uma peste. Aquela fofura. Ficou muito meu amigo.

23 de junho — Não sei viver sozinha.

Trivial variado

Ingredientes: Um menino de seis a oito anos, mal desperto e ingênuo, feito esses patos chineses engordados no escuro, de preferência com olhos pretos, que lembram azeitonas, ou mais para o castanho-claro, como avelãs. Farinha, ovos, leite, manteiga (nunca margarina). Suas visões, que interrogam o futuro, sempre confusas e estremunhadas. Creme de milho, coco ralado. Medos, tremores, fechados e na porção exata, nada além do quintal, da calçada, dos vazios da rua. Raspas de rapadura, sons, açúcar, silêncios, baunilha, sorrisos, canela. Um pouco de cravo, do aromático, do que enfeita e do que fere. Uma claridade geral, aqui e ali alguma sombra, os primeiros retratos para serem vistos muito depois. Um punhado à escolha, de qualquer material, acre, turvo, farinhento, antes o punho. Sal, pimenta, vinagre. E o fermento, que faz crescer.

Utensílios: Uma forma tamanho família, untada o bastante, mas também rígida, que não trinque ao passar do forno para o congelador. Um tabuleiro onde caibam pelo menos três cidades, e os seus climas, do calor forte às madrugadas frias, transitando pela brisa branda. Xícaras, das grandes e pequenas, copos. Brinquedos (madeira e chumbo, não plástico), livros coloridos, pequenos guardados que irão mudando, o pião em isqueiro, bola de gude em anel, conchas de mar e pessoas, postais. Um liquidificador, onde isso tudo possa transformar-se misturado. O sólido, o líquido, o impalpável. Um coador, para que não restem resíduos. A farda colegial, o cobertor e o travesseiro, cintos, sapatos, cadernos, essa pasta com cheiros e cores. Uma colher de pau. Que bata, que mexa, remexa, tenha resistência para ir vencendo, vagarosa, sem se enredar nas fibras e veias, nos cabelos e nervos. Uma larga, longa superfície suspensa, em cima o time de botão, suas traves, palhetas, tudo imóvel. Faca afiada, com ponta.

Modo de Preparar: Misture a farinha, os ovos, o leite e a manteiga, nas quantidades que puder, batendo bem no liquidificador. Ponha na forma, junto com o menino, e acrescente à vontade o açúcar, a baunilha, o fermento. Deixe em banho-maria o maior tempo que for possível, uns dez anos, mais ou menos. Sempre observando, mexendo, tomando cuidado para não desandar. Nesse período cabem o estudo, o trabalho, os amores iniciais, um difuso aprendizado que pode ser difícil, ou doloroso, marcar ou não, mas que felizmente é o prazo fixo. Então, tire a forma do fogo baixo e veja o primeiro resultado. Se o rapaz estiver muito doce, ou muito ácido, melhore o paladar com sal e vinagre, ou rapadura e canela. Caso ele dê mostras de calado, começo de sonho ou tristeza, mais vale dizer devaneio, conforme-o de novo no formato que lhe convier. Ao contrário, havendo aumentado demais, saindo da forma, corte com a faca as suas aparas, ajeitando-o ao recipiente, pois não deve nunca exceder os seus limites.

Veja o ponto, espetando-o com um palito. É possível que saia uma lágrima, e então chegou a hora de levá-lo à geladeira, melhor ainda ao congelador. Mas se sangrar, tenha cautela, faça exatamente o inverso: coloque-o no forno. A gente não sabe direito o que vai acontecer, nessa fase preparatória. Carreira, empresa, destinação. Enquanto espera, seja que endureça ou toste, prepare o tabuleiro com polvilho, peneirando lentamente, já que você tem tempo, coisa de três a cinco anos. Quem sabe ocorrerá um desvio, ou falha, ou mudança? Depois alinhe de lado o rolo, a colher de pau e a faca. Entre as duas operações, vá olhando sempre o forno ou o refrigerador, cuidando para que nada estrague o seu trabalho. Um homem leva dias, meses, anos, o que se chama existência. Uma refeição nunca o fraciona, simples trecho de caminho não balizado. Quando tudo estiver pronto, tire a forma e desenforme a pessoa, junto com o molho, deitando-a no tabuleiro. Então pegue o rolo e amasse fortemente, passando-o para lá, para cá, até ela ficar aplastrada. Em alguns casos, se a massa resiste e não amacia o suficiente, é preciso sovar, malhar, de novo utilizar o rolo comprimindo bem; em outros, pique, faça tiras, separe pequenas bolas, finas fatias, para só aí, estando a massa esquartejada, passar o rolo por cima dela, sempre com força. A essa altura, o homem suporta fácil e desenvolto. Apagou desejos, esperanças, até necessidades. Mais uma vez, despeje-o na forma, ele e a sua calda, levando-os ao fogão e ao refrigerador, alternadamente. Vá aumentando a temperatura de um e de outro, indo do calor ao frio, para aquecer, assar, torrar, e sempre intercalando esfriar, gelar, congelar. Não é necessário mexer, nem derramar, porque o molho não escorre, já se fez sólido e prendeu o homem. Ele pôs de lado a casa de Itanhaém, o sítio de Gramado, a fazendola de Minador do Negrão. Praia, montanha, chapadão, tudo cessou desfeito em projetos. Deixe-o então assim, até ficar na temperatura ambiente. Reagindo e aceitando, com rompantes mas serenando amolecido, pouco a pouco se acalmando, e consentindo, e afinal abrandado. Os sonhos, principalmente os que perderam o sentido, tomaram o lugar das visões. O jovem prevê, ainda que tumultuado; o homem aquieta sua aspiração naqueles instantes que precedem o despertar, cota de irreal chegando ao mundo em volta; o velho sonha porque pode, simples exercício, nada mais inócuo ou disperso que o retrospecto sem objetivo. Que pode um sonho contra a sua verdade? Se as indicações forem seguidas, a média de tempo é de sessenta e um anos. Passados com um todo, apesar das suas muitas parcelas. Atente na receita, mas invente, dê asas à imaginação. Haverá alterações no resultado, quase imperceptíveis. Mas o prato, o homem a oferecer, continuará sempre igual.

Como Servir: Meça a pessoa, estendendo-a de costas e ao comprido, com as mãos sobre o peito, as pernas juntas, perfeitamente imóvel. Pincele no seu rosto cores mais vivas, prenda-lhe o queixo, coloque algodão nas narinas. Que se esqueça do mar e da serra, não diga nem sinta os seus odores. Salpique sobre ela um pouco d'água, benta ou não, pétalas de rosa, sempre a seu gosto. Ainda segundo o seu desejo, pode cortá-la em pedaços, o que não será demais ou imprevisto, já que veio se dividindo, em metade, em derivados, miúdos brotos que tendem a crescer e repeti-la. Improvise à vontade. Cubra, engavete, incinere. E não se esqueça de enfeitar, pois é importante. Quem não fez, não pôde, gosta de parecer. Foi assim com ele, não foi? Antes que se desfaça, vista-o de alguma coisa severa e digna: panos, pratas, madeira. A seco, nada de gelatinas. Essa refeição deve ser feita com estilo e decoro, à luz de velas, em meio ao silêncio que apura o paladar. Isso o ideal. Em todo o caso, fique dentro das suas possibilidades. Um jantar de cerimônia requer requintes, um almoço em família apenas o desvelo de afeto, uma refeição acidental não traz obrigações. Mas viver é custoso, fatigante, uma aventura que inesperada se repete, dia a dia, no cotidiano de feijão ou em cardápio mais fino. Relaxe, pois esse não é um prato que você decida. Pode no máximo seguir as instruções.

Acompanhamentos: Para a entrada, não são necessários tantos vagares, basta um caldo leve. Despejado ao acaso, nos pratos que houver. Ninguém prestará atenção, dirá coisas convencionais ou não dirá nada, frases feitas, sentido sossego, todos irão assim recolhidos até a sobremesa. Reparando em você, na sua família, as homenagens são suas e não dos convidados. Antigamente eram comuns as expansões, hoje se usa mais o discreto e contido. De passagem, lembre-se do pão, só como lembrança. E também não se importe com o que vier depois, os amigos estarão muito apressados ou muito lentos. Um sorvete, um doce, um bolo. Sempre recordam os primeiros tempos, que podem estar próximos, distantes, depende das circunstâncias, mas ficam bem. Como um quindim, um sonho. Os sonhos talvez sejam o mais indicado, porque de acordo, já que ele gostava e repetia, mesmo sem conseguir satisfazer-se. De qualquer modo, concentre-se no principal e deixe o secundário, o que servir antes, a sobremesa, não são coisas de fazer tanta diferença. Vale mais pensar em como se fazem, porque os modos variam e dizem dos cuidados na receita. Ou o resultado não importa? Afinal, você receberá os elogios. E viver dá algum trabalho.

Coquetéis: Aguardente, cachaça, pinga. Com cerveja. Ou uísque e martíni, com vinho. Depois do café, conhaque ou licor. É conforme o cenário. Como a toalha de xadrez ou de linho, o jogo americano. Tradicionalmente, a bebida se recomenda. O vinho, que seria a melhor sugestão, por fraternal e demorado. O café, indispensável. Às vezes, depois de servido, alguém mais íntimo pede a palavra e fala do seu momento. Ouça, procure entender e guardar. As palavras ecoam, vibrando, particularmente as substantivas. E assim os discursos são permitidos, ainda que você já saiba o que irão dizer. Prepare-se para eles, sempre de louvor, agradecidos, apesar das variações de tom. Há os que se calam, os que formam grupos de voz baixa. Aceite-os. Os taciturnos se escondem, mas têm que vir à tona. E não são seus convidados? Se desejarem música, use com parcimônia e escolha a que achar mais apropriada, de preferência as notas imprecisas, chuvosas, vagamente vacilantes ou descritivas, um nada sobre o som de fundo. Quando a fumaça dos cigarros incomodar, aproveite os olhos vermelhos. Temos tão pouca liberdade. Sirva com vagar, demorando o mais que puder, um dia, uma noite, nunca menos. Dirija, se desvele, desdobre. O máximo possível, não termine logo a sua refeição. Dona de casa, rainha do lar. Bebendo, falando, cumprindo. Na mesa não se envelhece.

Lembrete: As regras da etiqueta são mutáveis. Admita desculpas em telegramas, cartões, mesmo cartas atrasadas. Tolere principalmente as ausências. Não querem dizer nada, ou são motivos que nos escapam. Há pessoas que não suportam nem a ideia desse prato.

Ricardo Ramos

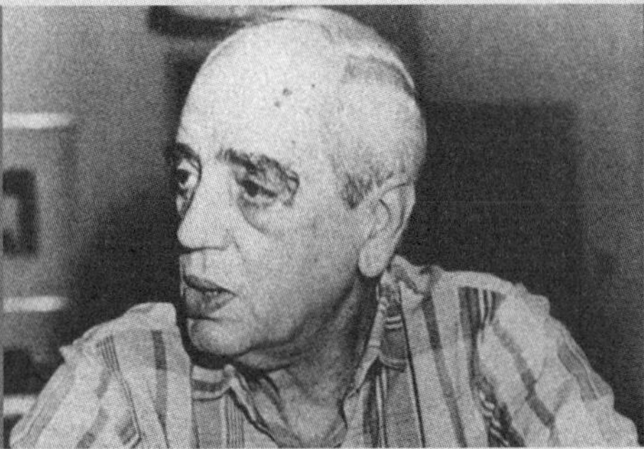

com todas as letras

NAS PÁGINAS SEGUINTES, CONHEÇA A VIDA E A OBRA DE RICARDO RAMOS, AUTOR DOS CONTOS DESTE LIVRO.

Escritor-viajante

Nome completo Ricardo de Medeiros Ramos
Data e local de nascimento 4 de janeiro de 1929, em Palmeira dos Índios (AL)
Cidades em que morou Maceió (AL), Rio de Janeiro (RJ), São Paulo (SP)
Atividades que exerceu jornalista (repórter, noticiarista, redator, cronista e secretário de redação), publicitário, professor, editor, escritor
Gêneros literários que praticou romance, novela, conto, crônica
Principais obras *Os caminhantes de Santa Luzia* (1959), *Circuito fechado* (1972), *Desculpe a nossa falha* (1987)
Data e local de falecimento 20 de março de 1992, em São Paulo

O alagoano Ricardo Ramos nasceu em Palmeira dos Índios e faleceu em São Paulo nos mesmos dia e mês (20 de março) da morte de seu pai, o escritor Graciliano Ramos. Teve infância e adolescência atribuladas por conta das mudanças de cidade em função dos cargos administrativos do pai e, mais tarde, da prisão de Graciliano em 1936, por motivos políticos.

A partir daí, Ricardo ficou com o avô materno até concluir o ginásio (últimos anos do atual Ensino Fundamental) em Maceió. Só voltaria a conviver com seus pais em 1944, na cidade do Rio de Janeiro, já com quinze anos de idade.

Ainda adolescente, começou a publicar seus contos em suplementos literários com o aval do pai, atento leitor crítico. Foi no Rio de Janeiro que se formou em Direito, entrou para o jornalismo, lançou seu primeiro livro, *Tempo de espera* (1954), iniciou-se na publicidade, ao lado do também escritor Orígenes Lessa, e se casou com Marise, com quem teve três filhos. Transferiu-se para São Paulo em 1956.

Não por acaso, as referências a lugares mais constantes em sua vasta obra são Maceió, Rio de Janeiro e São Paulo. As mesmas cidades aparecem quase como personagens nas suas memórias editadas postumamente, no livro *Graciliano: retrato fragmentado*.

Ricardo teve coluna semanal de crônicas na *Folha da Tarde* entre 1984 e 1986, além de participar ativamente da vida literária e cultural da cidade de São Paulo, organizando e dirigindo editoras, museus, associações e eventos. Foi professor de comunicação e redação e figura de destaque no meio publicitário brasileiro.

Com a palavra, o autor

O QUE PENSAVA RICARDO RAMOS SOBRE LITERATURA, FAMÍLIA, VIDA? JÁ QUE NÃO É MAIS POSSÍVEL ENTREVISTÁ-LO, RECORREMOS À SUA OBRA. DAS MUITAS PÁGINAS IMPRESSAS E DE TANTAS IDEIAS DEIXADAS POR ESCRITO, FORAM SURGINDO AS PERGUNTAS E AS RESPOSTAS. QUANDO PERCEBEMOS, A ENTREVISTA ESTAVA PRONTA.

Você nasceu em Palmeira dos Índios, interior de Alagoas, e foi criado em Maceió. Como o escritor Ricardo Ramos vê o menino Ricardo?

Eu e meus fantasmas na manhã fria, a caminho das aulas. Vou pela calçada, sem vontade. O coração batendo arrochado. Lá adiante o quadro das turmas e horários.

Eu precisava saber muitas coisas, adquirir certezas. Quebrei um talo de planta e alonguei a vista para o céu alaranjado, que se estendia limpo e novo, além dos muros, da cidade, além dos oitizeiros.

Depois você cresceu, veio para o sudeste, passou pelo Rio de Janeiro e parou em São Paulo. Mais tarde voltou para a sua cidade natal. Como foi essa visita, depois de tantos anos?

Os caminhos de um homem são mais comovidos na idade madura. Eu alagoano, carioca, paulista, eu e minha citadina mulher pelas ruas de Palmeira, os dois sozinhos, calçadas altas, desvios, poeira fina, à noite um silêncio cheio de ecos.

Muita gente não gosta de São Paulo. Não faltam críticas a ela. A sua relação com a cidade é complicada?

São Paulo, para mim, sempre foi o amigo. Aqui descobri a amizade sem exigência, que não me cerca, nem abafa, que me descansa e respeita.

Você trabalha com literatura, faz literatura. Naturalmente, deve ter uma visão particular sobre ela...

Sim. Eu me interesso por uma literatura que tenha como fundo o social (ou melhor, a abstração do social).

> *"Não sujeito o leitor a programas, não o conduzo nem tutelo, não tiro conclusões por ele."*

... e na hora de escrever?

Olho tudo com olhos críticos, mas não sujeito o leitor a programas, não o conduzo nem tutelo, não tiro conclusões por ele, mesmo porque não acredito nesse imediatismo. Apesar de confiar, firmemente, na capacidade que tem a literatura, a longo prazo, de esclarecer e mudar as pessoas. É uma postura, diria, perfeitamente realista.

E o conto? Poucos conhecem o conto brasileiro tão bem como você. Há nele alguma característica que o diferencie dos demais gêneros literários?

Acho que o conto se transformou no grande painel da realidade brasileira. Evidentemente não é um papel, mas o conto vem podendo dizer e dar uma visão global do Brasil, porque sua tônica é a diversidade, e é justamente nessa diversidade que temos a grandeza do conto brasileiro.

Claudio Tucci

É por isso que você escreve mais contos do que romances?

Como leitor, gosto da boa literatura, seja ela conto ou romance – Machado de Assis num, Tolstoi noutro. Como escritor, eu me sinto mais à vontade com o conto. É o formato que desenvolvo melhor. De tanto mexer com ele, aprendi a dominar suas técnicas básicas. Às vezes, o conto pode ficar longo demais, por necessidade narrativa: também gosto de escrever novelas. Duas delas obtiveram sucesso de público e crítica, *Os caminhantes de Santa Luzia* e *Desculpe a nossa falha*, esta última juvenil.

Qual é a sua maneira de escrever?

Sou metódico no hábito de escrever. Capricorniano típico, apesar de não crer em horóscopo, gosto de encerrar rapidamente a tarefa a que me propus, até para me livrar dela e começar outra. Não que o texto não seja retrabalhado. Talvez com conto isto seja mais fácil, mais possivelmente finito, do que com romance.

Vamos mudar um pouco de assunto, passando para um terreno mais pessoal. Você é filho de um dos maiores escritores brasileiros: Graciliano Ramos. Fale-nos sobre a relação com seu pai.

Lembro Graciliano Ramos de pijama, escrevendo. De paletó, gravata e chapéu, saindo para o trabalho, calado, cabeça baixa. De calção de banho, nadando comigo agarrado ao seu pescoço. Até que um dia sumiu, silêncio, pois nunca me falavam dele. Eu tinha pouco menos de 15 anos quando cheguei ao Rio e foi aí que praticamente o conheci. Sua prisão me deixara muito pequeno, lá em Maceió, na casa de meu avô materno.

> *"O conto vem podendo dizer e dar uma visão global do Brasil, porque sua tônica é a diversidade, e é justamente nessa diversidade que temos a grandeza do conto brasileiro."*

Graciliano chegou a ler o que você escrevia?

Sim. Quando comecei a escrever, coisas que pareciam contos, foi meu primeiro leitor. Principiava o meu aprendizado.

– Não escreva "algo" – ele implicou.

Quis saber por quê, me respondeu:

– É crime confesso de imprecisão.

Mais tarde eu estranhei:

– Por que você não usa reticências e exclamações?

– Reticências, porque melhor dizer do que deixar em suspenso. Exclamações, porque não sou idiota para viver me espantando à toa.

"O jovem não é a criança de ontem, nem o adulto de amanhã. O jovem é o adulto de hoje."

Muito se fala sobre o jovem de hoje, que seria mal-informado e desinteressado. Você concorda com isso?

Vamos deixar de bobagem. O jovem não é a criança de ontem, nem o adulto de amanhã. O jovem é o adulto de hoje, a nossa maioria, brasileira. Com as suas inquietações, as dúvidas e os projetos, o seu mundo que aponta para o futuro. Não está chegando, já chegou.

* * *

Esta entrevista foi montada a partir dos contos "Os amantes iluminados", "Agreste" e "Ano Novo com meu tio", dos prefácios dos livros juvenis *Desculpe a nossa falha* e *Pelo amor de Adriana*, de trechos do livro de memórias *Graciliano: retrato fragmentado* e de entrevistas dadas a Cremilda Medina, ao jornal *O Estado de S.Paulo* e ao poeta Luís Avelima.

Mestre do silêncio

Três das principais obras de Ricardo Ramos, muito bem recebidas pela crítica e pelo público. A novela *Desculpe a nossa falha* marcou, com grande sucesso, sua estreia na literatura juvenil.

O crítico literário Tristão de Athayde caracterizou o estilo de Ricardo Ramos de uma forma bastante peculiar: "O silêncio talvez seja o segredo de seu estilo. Tanto o silêncio das pessoas e das palavras, como o silêncio das situações. Não há uma nota dissonante. Nem uma frase enfática. Nem um diálogo estridente. Ricardo Ramos se afirma como a demonstração literária autêntica de que a plenitude da palavra é realmente o silêncio". E essa busca do silêncio se manifesta também na obsessão pela economia de palavras. Seus contos parecem testar formas cada vez mais ousadas de dizer e, principalmente, sugerir mais, com a utilização de menos.

Ricardo fez sua estreia literária em 1954, com o livro de contos *Tempo de espera*. Neste e nos livros que o seguiram – *Terno de Reis*, *Os caminhantes de Santa Luzia*, *Os desertos*, *Rua desfeita* e *Memórias de setembro* –, seu texto é seco, a perspectiva narrativa é nordestina e realista, os personagens são de Maceió, do Rio de Janeiro e de São Paulo. A partir de *Matar um homem*, o texto continua seco, a pespectiva narrativa se mantém e os personagens permanecem oriundos das mesmas regiões, mas há um corte profundo no foco narrativo, que incorpora diversos pontos de vista simultâneos: o discurso da cidade entra no texto de Ricardo Ramos. São dessa fase *Circuito fechado*, *As fúrias invisíveis* e *Toada para surdos*, os livros mais experimentais do autor. Os últimos livros que preparou para edição foram *Graciliano: retrato fragmentado* (memórias), *O rapto de Sabino* (juvenil) e *Estação primeira* (coletânea de contos para jovens), os quais não chegaria a ver impressos.

A originalidade de Ricardo Ramos está na solução que encontrou para combinar inovação e tradição, equilibrando as experimentações formais com o rigor da palavra. Não se trata de uma mesclagem fácil, mas fruto de muita reflexão e de muito trabalho em cima de cada texto.

Muito já chamou também a atenção dos críticos sua capacidade de construir personagens que conquistam de imediato seus leitores. Ricardo nos apresenta personagens humanos, sem complexidades ou excepcionalidades, que, por isso, nos despertam cumplicidade e afeto de imediato. Do mesmo modo, o crítico literário Adonias Filho destaca que Ricardo reproduz, como ficcionista, a vida em seu aspecto cotidiano mais simples. Ele realça ainda o momento histórico-literário em que se insere sua produção literária, e afirma que o excesso de indisciplina, comum na elaboração, no estilo e na linguagem utilizada naquele momento por escritores brasileiros, fora sucedido pelo rigor técnico e formal em Ricardo Ramos, que o caracterizaria, nas palavras do crítico, como um neoclássico.

Por todas essas qualidades, o reconhecimento de seu trabalho aconteceu ainda em vida. Ricardo Ramos recebeu importantes prêmios literários: o Jabuti (por três vezes), o Guimarães Rosa, o da Câmara Municipal de São Paulo, o Afonso Arinos, o Coelho Neto e o da Associação Paulista dos Críticos de Arte, entre outros. Além disso, muitos dos seus textos já foram traduzidos para o inglês, espanhol, alemão, russo e japonês.

Obras do autor

ADULTO

Tempo de espera (contos). José Olympio, 1954
Terno de Reis (contos). José Olympio, 1957
Os caminhantes de Santa Luzia (novela). Difusão Europeia do Livro, 1959
Os desertos (contos). Melhoramentos, 1961
Rua desfeita (contos). José Álvaro, 1963
Memórias de setembro (romance). José Olympio, 1968
Matar um homem (contos). Martins, 1970
Do reclame à comunicação: pequena história da propaganda no Brasil (ensaios). Anuário Brasileiro de Propaganda 70-1/ Publinform, 1970
Circuito fechado (contos). Martins, 1972 (Record)*
As fúrias invisíveis (romance). Martins, 1974 (Record)
Toada para surdos (contos). Record, 1978
Os inventores estão vivos (contos). Nova Fronteira, 1980
10 contos escolhidos. INL/Horizonte Ed., 1983
O sobrevivente (contos). Global, 1984
Propaganda (ensaios). Global, 1987
Os amantes iluminados (contos). Rocco, 1988
Graciliano: retrato fragmentado (memórias). Siciliano, 1992
200 anos de propaganda no Brasil: do reclame ao cyber-anúncio (ensaios), com Pyr Marcondes. Meio&Mensagem, 1995
Melhores contos de Ricardo Ramos. Global, 1998

JUVENIL

Desculpe a nossa falha (novela). Scipione, 1987
Pelo amor de Adriana (novela). Scipione, 1989
O rapto de Sabino (novela). Scipione, 1992
Estação primeira (contos). Scipione, 1996
Entre a seca e a garoa (contos). Ática, 1997

* Entre parênteses estão anotadas as editoras que posteriormente publicaram os livros.

Referências bibliográficas dos contos

Os contos de Ricardo Ramos incluídos nesta antologia foram publicados originalmente nas seguintes obras:

RAMOS, Ricardo. *Tempo de espera*. Rio de Janeiro, José Olympio, 1954 ("Mestre Pipa", "O circo").

———. *Terno de Reis*. Rio de Janeiro, José Olympio, 1957 ("Terno de Reis").

———. *Os desertos*. São Paulo, Melhoramentos, 1961 ("Ribeira turva").

———. *Rua desfeita*. Rio de Janeiro, José Álvaro, 1963 ("O carneiro", "As redes").

———. *Circuito fechado*. Rio de Janeiro, Record, 1978 ("Circuito fechado (1)", "Asa branca", "O caminho para Interlagos").

———. *Toada para surdos*. Rio de Janeiro, Record, 1978 ("Trivial variado", "A busca do silêncio").

———. *Os inventores estão vivos*. Rio de Janeiro, Nova Fronteira, 1980 ("Dias e noites de Sandra").

———. *Os amantes iluminados*. Rio de Janeiro, Rocco, 1988 ("Brava gente").

boaprosa

Com temas, gêneros e estilos diversificados, a série Boa Prosa guia os jovens nos primeiros passos rumo à literatura adulta.